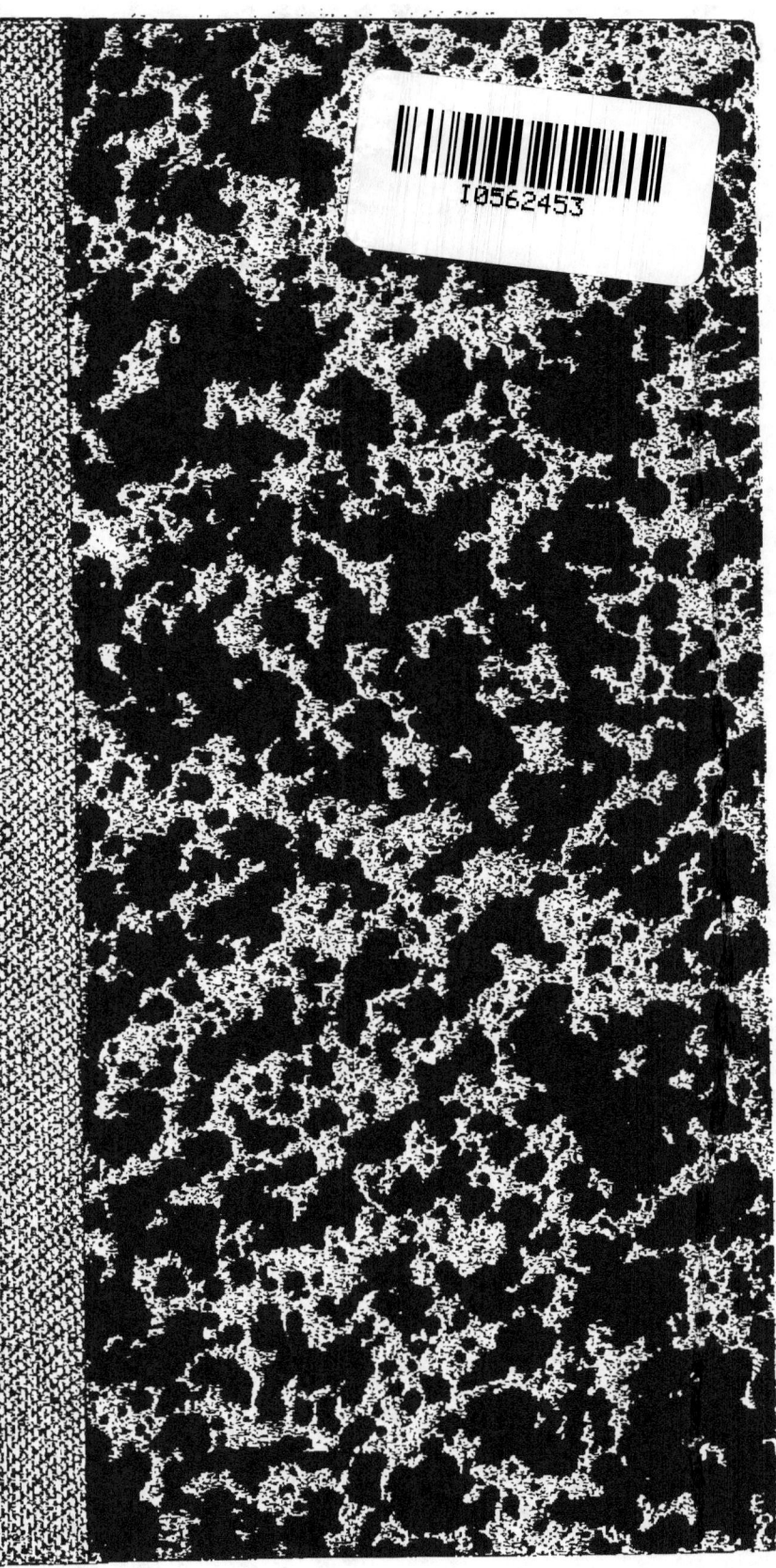

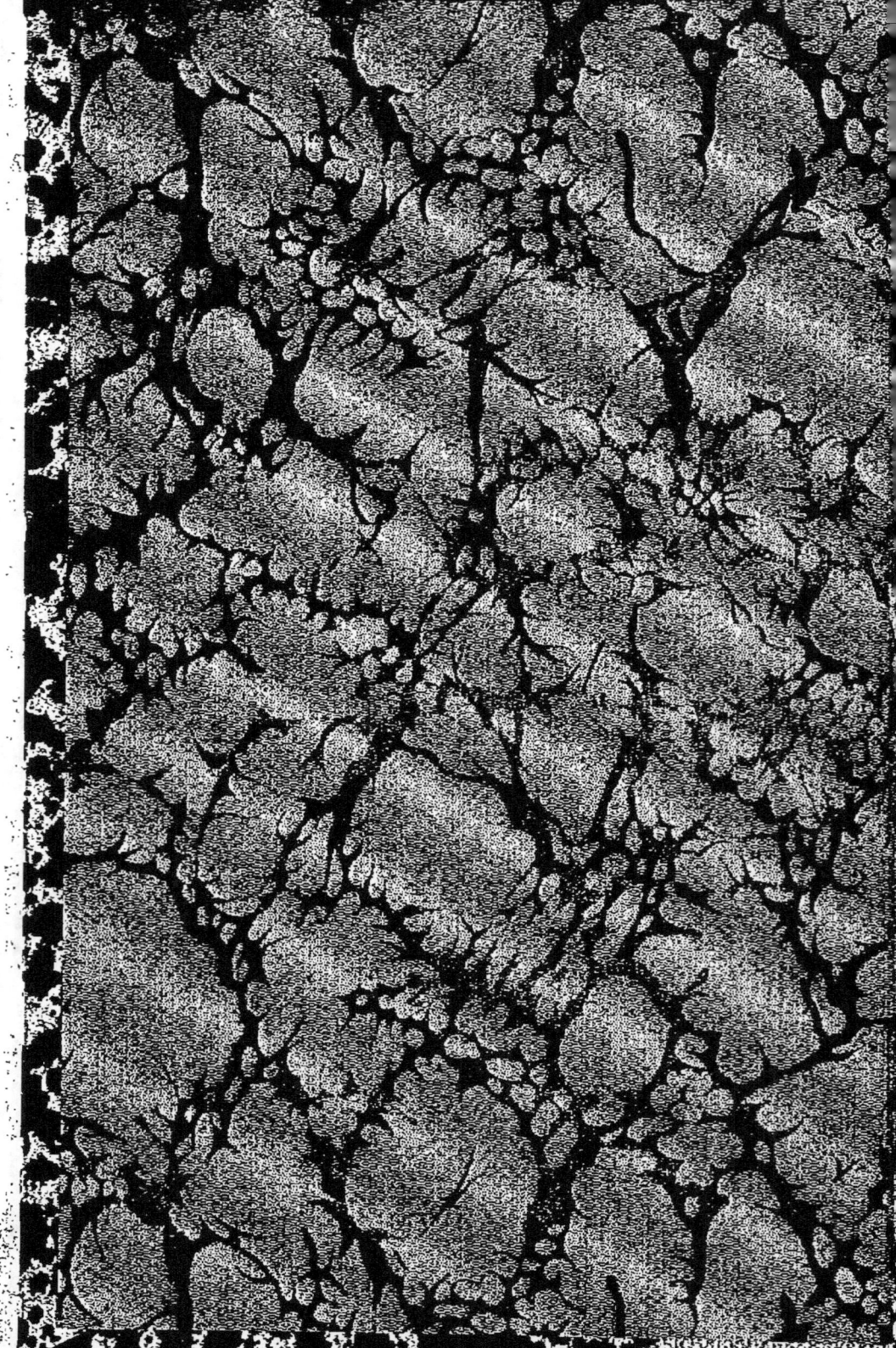

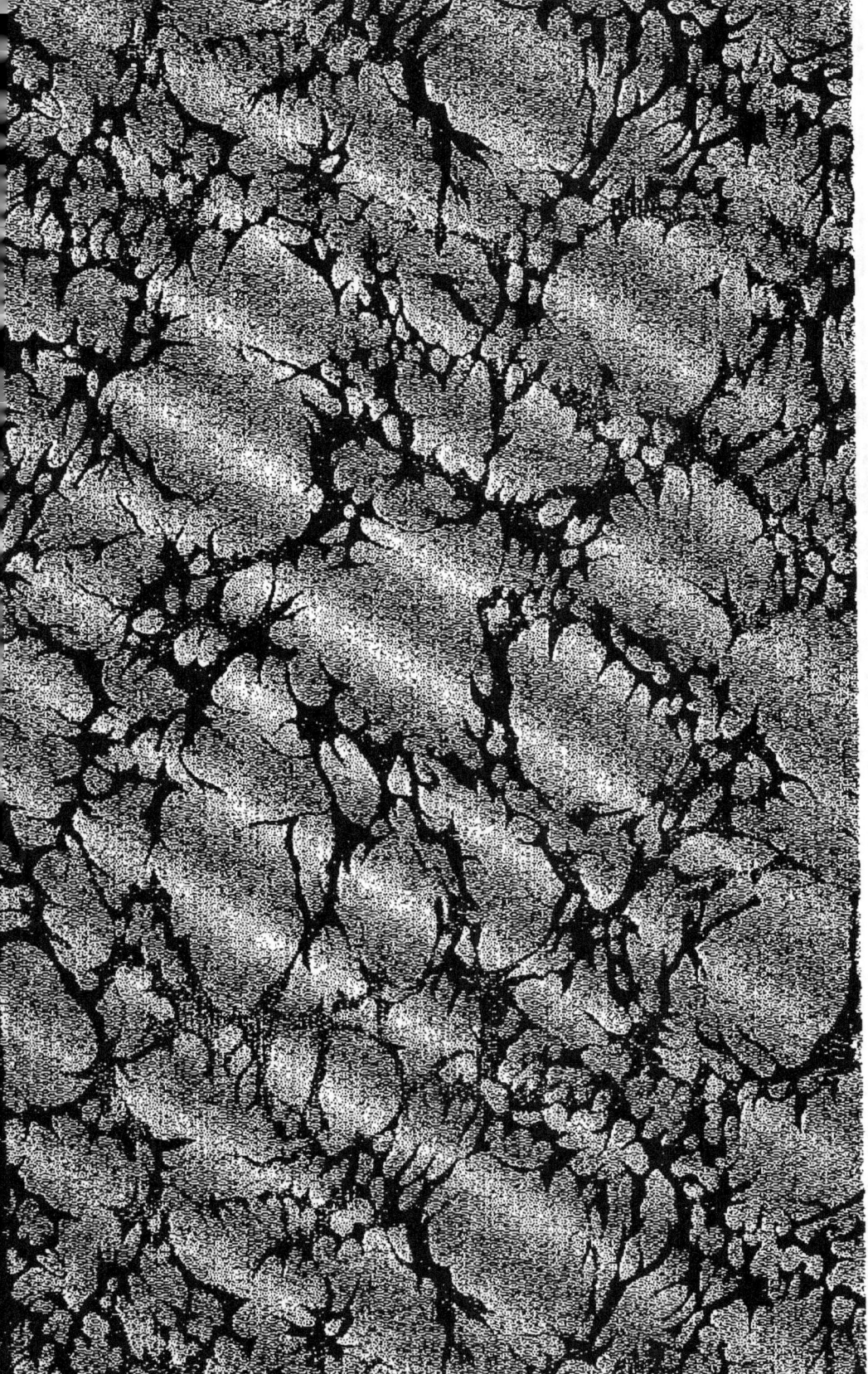

L'AVENIR

D

L'AVENIR

OU

LE RÈGNE DE SATAN ET DU MONDE

Prochainement remplacé sur toute la terre

PAR UNE

DOMINATION INDÉFINIE DE JÉSUS-CHRIST ET DE L'ÉGLISE

Par l'abbé J.-B. BIGOU

PARIS

LIBRAIRIE CATHOLIQUE INTERNATIONALE DE L'ŒUVRE DE SAINT-PAUL

6, RUE CASSETTE, ET RUE DE MÉZIÈRES, 14

1887

DÉCLARATION DE L'AUTEUR

Si nous nous adressions aux sceptiques, nous leur parlerions uniquement — comme nous l'avons fait dans notre brochure sur l'infaillibilité rationnelle — en syllogismes rigoureux, reposant tout entiers sur des définitions subjectives et des propositions tautologiques. Mais le présent opuscule n'est destiné ni à des pyrrhoniens, ni à de simples incrédules, ni même à des demi-croyants : aussi nous nous empressons de leur déclarer qu'ils ne sauraient en être satisfaits, afin que, s'il vient à leur tomber sous la main, ils le referment promptement après la lecture de ces premières lignes.

Nous n'écrivons ici que pour de *vrais* chrétiens, c'est-à-dire pour ceux qui croient fermement à l'infaillibilité de Dieu, des Livres Saints, de l'Eglise en général et du Souverain-Pontife en particulier. Nous laissons donc à la théologie dogmatique le soin de démontrer l'inspiration divine des Ecritures, et nous nous contentons d'en expliquer certains passages relatifs à l'avenir — en nous plaçant à un point de vue plus ou moins nouveau.

Si, par malheur, il y avait dans les nombreuses opinions personnelles que nous exprimons quelque chose d'inconciliable avec la foi catholique, ce serait tout à fait contre notre intention et à cause de quelque inadvertance de notre part. Nous voulons absolument vivre et mourir en enfant soumis de l'Eglise ; et, en conséquence, nous désavouons et rétractons d'une manière complète et anticipée tout ce que le Vicaire de Jésus-Christ pourrait trouver à reprendre dans cette étude ou dans une autre.

L'AVENIR

CHAPITRE PREMIER

CRAINTES RELATIVES A L'AVENIR DE L'ÉGLISE ET DU GENRE HUMAIN

« La question de la fin des temps, dit Mgr Gaume, est la plus grande question de notre époque. Nous sommes loin d'être seul à nous en occuper. Depuis quelques années surtout, elle fixe l'attention d'un bon nombre d'hommes de grande autorité, en Angleterre, en France, en Italie et ailleurs. Tous partagent le sentiment que nous exprimons. — *A moins d'une intervention divine, directe et souveraine, hypothèse toujours réservée, ils n'osent s'abandonner à la confiance* [1]. »

« Un certain nombre de catholiques, a écrit encore Mgr de Ségur, parmi lesquels plusieurs

1. *Où en sommes-nous ?* p. 216, 288.

évêques et docteurs fort éminents en science et en sainteté, ont *la conviction profonde* que nous approchons des derniers temps du monde, et que la grande révolte qui brise depuis trois siècles toutes les traditions et les institutions chrétiennes aboutira au règne de l'Antéchrist.

« Parmi les raisons qui font croire à l'approche de la Tentation suprême, je signale les suivantes *à la méditation sérieuse des hommes de foi : leur valeur est incontestable, et, pour ma part, je les trouve plus que probantes.*

« 1° Après avoir annoncé les signes avant-coureurs du dernier combat, qu'il appelle les commencements des douleurs (*hæc autem omnia initia sunt dolorum*), Notre-Seigneur, au vingt-quatrième chapitre de l'Evangile de saint Matthieu, dit formellement que la consommation viendra quand l'Evangile aura été prêché à toutes les nations : *Prædicabitur hoc evangelium regni in universo orbe, in testimonium omnibus gentibus ; et tunc veniet consummatio.*

« Or, il est notoire qu'il ne reste presque plus aucun peuple sur la terre à qui l'Evangile n'ait été prêché. Depuis quarante ou cinquante ans, la propagation de la foi a pris une extension prodigieuse : l'Océanie entière est évangélisée ; nos missionnaires ont pénétré jusque dans le centre de la Haute-Asie, jusque dans le Thibet ; l'évangélisation de l'Afrique, même de l'Afrique centrale, est glorieusement entamée ; les deux Amériques ont été parcourues.

en tous sens par les hérauts infatigables de Jésus-Christ. Encore un demi-siècle, moins que cela peut-être (grâce aux révolutionnaires d'Europe qui chassent au loin les Ordres religieux, et principalement les puissantes légions de la Compagnie de Jésus), et il est certain que l'Evangile du royaume aura été prêché dans le monde entier, en témoignage à toutes les nations ; *et* TUNC *veniet consummatio ;* et ALORS *viendra la fin.* Je le demande, comment échapper à ce fait, à ces paroles et à leur conséquence évidente [1] ? »

Nous espérons que le lecteur voudra bien nous pardonner cette longue citation en faveur de Mgr de Ségur, parce que c'est un « docteur fort éminent en science et en sainteté », et surtout un homme des plus calmes et des plus judicieux que l'on puisse trouver. Quand un écrivain comme lui signale une raison à la méditation sérieuse des personnes de foi, il mérite toujours d'être écouté ; — et c'est là ce que nous avons fait.

M. l'abbé Soullier croit réfuter cet argument par les interrogations suivantes : « N'est-il pas évident que l'Evangile n'a pas encore pénétré partout ? Mais peut-on même dire qu'il ait été suffisamment prêché sur la plus grande partie de la terre, sur les côtes d'Afrique, dans l'Inde, dans la Chine, dans la plupart des archipels [2] ? » Il y en a aussi qui pensent triompher en disant : « S'il faut d'abord

1. *La Révolution,* xxv.
2. *Touchons-nous à la fin du monde !* p. 129.

que tous les peuples se convertissent, nous atten-
drons longtemps encore. »

Mais il faut être d'une légèreté impardonnable
pour interpréter de la sorte un texte sacré. Jésus-
Christ ne parle nullement de conversion des peuples : il dit tout simplement que l'Évangile sera
prêché, c'est-à-dire *publié* dans l'univers entier :
« *prædicabitur hoc evangelium.* » Or il suffit pour
cela que tout le monde ait entendu parler du christianisme et ait eu la faculté de l'embrasser.

Eh bien ! c'est précisément là ce qui est aujour-
d'hui un fait *déjà accompli d'une façon morale, et
à la veille de l'être d'une manière absolue*. Ouvrons
en effet le compte rendu officiel de l'état des missions, que vient de publier depuis peu la S. Congré-
gation de la Propagande. Qu'y lisons-nous ? C'est
qu'il y a aujourd'hui vingt-neuf vicariats apostoli-
ques en Chine, quatorze en Indo-Chine, vingt et un
dans les Indes Orientales, et huit dans les régions
voisines de l'empire du Milieu, c'est-à-dire dans la
Corée, le Japon, la Mandchourie, la Mongolie et le
Thibet. Alors que l'Asie entière est évangélisée
dans les mêmes proportions, ne peut-on pas dire
que le christianisme est vraiment *publié* dans
toutes ses parties ? Le continent africain ne compte,
il est vrai, que dix-sept vicariats et onze préfec-
tures ; mais c'est parce que l'Afrique, étant beaucoup moins peuplée que l'Asie, n'exige pas un si
grand nombre de missionnaires. Cependant les
missions elles-mêmes la couvrent en entier, sans

en excepter le centre, c'est-à-dire le Congo, Nianza, Tanganika, le Soudan et la région des Lacs. Les îles de Madagascar, de Mayotte, de Port-Louis, d'Annobon et les Seychelles ont reçu la bonne nouvelle depuis longtemps. Quant à l'Australie, elle possède deux archevêchés, douze évêchés et un vicariat apostolique, tandis qu'il y a trois évêchés, six vicariats et une préfecture apostolique dans l'Océanie insulaire.

On pourrait peut-être dire que la moitié de l'univers a été évangélisée dans les cinquante dernières années ; et toujours est-il que ce demi-siècle a vu la création de vingt congrégations nouvelles de missionnaires, la naissance d'une œuvre qui recueille six millions par an pour la propagation de la foi, la découverte et l'exploration de la plupart des contrées de la terre, jadis inconnues, et enfin l'éclosion d'une fièvre toute spéciale, de la fureur des colonies, qui s'est emparée des États européens au grand profit d'une foule de missions.

Nous croyons donc, avec Mgr de Ségur, que l'évangélisation de toute la terre est moralement accomplie d'ores et déjà, et qu'elle le sera d'une manière absolue dans un avenir assez prochain. Pour nous, cette prémisse du raisonnement qui conclut à la fin du monde est de tous points incontestable.

Mais nous nous permettons de faire une petite distinction à propos de la seconde base de l'argument, et par suite au sujet de ses conséquences.

Qu'ont demandé les Apôtres à Jésus-Christ?
« Dites-nous quand ces choses arriveront, et quel
sera le signe de votre avènement et de la consommation *du siècle* [1]. » C'est à ce sujet que le Fils de
Dieu répond : « Cet évangile du royaume sera
publié dans le monde entier, en témoignage à toutes
les nations ; et alors arrivera la fin. » La fin de quoi?
Le Sauveur ne le dit pas formellement, parce qu'il
est bien facile de le comprendre. Tout le monde
reconnaît à bon droit que le mot sous-entendu dans
la réponse est le dernier de la demande. Or les
Apôtres n'ont pas dit : « Quel sera le signe de la
consommation *des siècles*, ou *des temps*, ou *de l'univers*, ou *du monde?* Ils ont employé le mot *siècle*,
au singulier, — mais, bien entendu, dans le sens
de *monde* et non pas de période de cent ans.

Or, ce terme n'a jamais été pris, ni dans l'Ecriture ni ailleurs, pour désigner le monde physique,
c'est-à-dire l'univers. Que dit l'apôtre saint Jacques?
« L'amour du monde est la haine de Dieu. Quiconque veut être l'*ami du siècle* se constitue *ennemi
de Dieu*. » Saint Paul aussi nous recommande de
« ne pas nous conformer au SIÈCLE : *Nolite confor-
mari huic sæculo*. » Il est bien évident que dans ces
textes le mot *siècle* désigne uniquement le monde
dans le sens moral, c'est-à-dire en tant qu'ennemi
de Dieu et de l'Eglise, comme cité du démon, comme
source sociale du mal. C'est donc par une confusion
bien illégitime que l'on fait dire à Notre-Seigneur :

1. Matth., XXIV, 3.

« Lorsque l'Evangile aura été prêché à toutes les nations, alors arrivera la fin de l'univers. » L'Ecriture emploie le mot *siècle* et non pas celui d'*univers* : or ces deux termes ne sont nullement synonymes, puisque l'un exprime uniquement le monde physique et l'autre le monde moral.

On commet généralement une méprise semblable à propos du texte suivant : « N'aimez point le monde ni ce qui est dans le monde. Si quelqu'un aime le monde, la charité du Père n'est pas en lui, parce que *tout ce qui est dans le monde est convoitise de la chair, convoitise des yeux et orgueil de la vie;* or cela ne vient pas du Père mais du monde. Or le monde passe et sa concupiscence aussi ; mais celui qui fait la volonté de Dieu demeure éternellement. Mes petits enfants, cette heure-ci est la dernière heure (du monde, évidemment); et comme vous l'avez entendu dire l'Antéchrist vient; bien plus, il y a déjà plusieurs antéchrists ; d'où nous savons que c'est la dernière heure (du monde) [1]. »

On conclut de là que, d'après saint Jean, l'arrivée de l'Antéchrist doit être le signal de la fin de l'*univers*. Mais le texte précité ne renferme pas une seule fois le mot *univers*, dont le sens est unique, — et il emploie six fois de suite le mot *monde*, qui a une double signification. Or, on a d'autant moins le droit de l'interpréter dans le sens physique que l'apôtre le prend évidemment dans l'autre. Il dit en effet que « tout ce qui est dans le monde est

1. I Joann., II, 15.

concupiscence de la chair, convoitise des yeux et orgueil de la vie ; or cela ne vient pas du Père. » Mais tout catholique doit reconnaître que le monde physique, c'est-à-dire l'univers, a toujours renfermé l'Eglise et un certain nombre de saints, — qui viennent sûrement de Dieu et sont précisément l'opposé de la triple concupiscence. Il est donc impossible que saint Jean parle ici du monde autrement que dans la signification morale de ce mot.

Mais, dira-t-on peut-être, n'est-il pas évident que la fin du monde moral suppose nécessairement celle de l'univers ? Eh bien, non : il n'y a pas là la moindre évidence. Si l'on veut soutenir une pareille thèse, qu'on essaye au moins d'en faire la démonstration ; — et, en attendant, c'est la proposition contraire que nous espérons prouver pour notre part.

Voilà la réponse que nous faisons au premier argument de Mgr de Ségur : ce n'est pas l'évangélisation universelle que nous contestons, car nous voyons en elle un fait indéniable ; c'est uniquement la fausse conséquence que l'on déduit de cette grande vérité.

Mais ce n'est pas là la seule argumentation de notre éminent adversaire : il en présente encore deux autres qui se ressemblent beaucoup.

« Il est annoncé, dit-il encore, par Notre-Seigneur lui-même, qu'à l'approche des derniers temps la foi sera presque éteinte sur la terre... Lorsque le Fils de l'homme reviendra, pensez-vous, dit-il à ses disciples, qu'il trouvera de la foi sur la terre ? *Filius hominis veniens, putas, inveniet fidem in terra* [1] ? » Or, n'est-il pas évident que, malgré la résurrection religieuse très réelle d'un certain nombre d'âmes d'élite, les masses ont déjà perdu la foi ou sont en train de la perdre ?

« L'apôtre saint Paul, dans sa seconde épître aux Thessaloniciens, parle fort en détail des derniers temps et de l'Antéchrist. Il nous donne un autre signe auquel nous pourrons reconnaître que le danger approche. « Ne craignez pas, dit-il aux anciens fidèles, comme si le jour du Seigneur était proche ; il faut auparavant qu'ait lieu l'APOSTASIE. *Ne terreamini..., quasi instet dies Domini ; quoniam nisi venerit discessio primum* [2]. » Les principaux interprètes de l'Ecriture, comme l'expose saint Thomas, entendent unanimement, par cette *discessio*, le renoncement général des royaumes à la foi catholique et à l'Eglise, l'apostasie universelle des sociétés, des nations, *apostasia gentium*. Et c'est encore un des caractères distinctifs de notre époque, en même temps que l'essence même de la Révolution : la *séparation de l'Eglise et de l'Etat,* l'apostasie des sociétés en tant que sociétés, la désorganisation sociale du monde catholique, l'athéisme politique et légal. Cette apostasie des sociétés est consommée ou peu s'en faut [3]. »

1. Luc., xviii, 8.
2. Id., ii, 3.
3. *La Révolution.*

Il y a des hommes d'espérance qui prétendent anéantir ces arguments en écrivant des volumes sur « la Renaissance religieuse en France. » Voilà le thème sur lequel on brode une quantité infinie de variantes depuis un certain nombre d'années. Tout récemment encore M. Léon Lefébure a publié un ouvrage avec ce titre, en annonçant en propres termes que son livre a pour objet « d'opposer un démenti, fondé sur les faits, à ceux qui se flattent d'avoir anéanti les croyances chrétiennes, et montrer qu'au contraire ces croyances sont aussi vivantes que jamais. »

Un de nos meilleurs critiques, M. Brunetière, dit à ce sujet : « Nous ne croyons pas qu'il y ait réussi, et nous craignons que personne n'y pût réussir mieux que lui. Car, des faits sur lequels il se fonde, *rien ne serait plus facile que de donner une tout autre interprétation que la sienne ; et il a d'ailleurs omis dans son énumération et dans son analyse trop de faits qui prouveraient contre lui.* »

Voilà bien le procédé de tous ceux qui parlent de renaissance catholique au sujet de notre temps. Au lieu d'étudier et de présenter les deux côtés de la question, ils n'en examinent qu'un seul, — celui qui est précisément le plus restreint — et ils veulent que l'on confonde avec eux une infime minorité d'âmes ferventes avec l'ensemble de la société. Mgr Parisis a dit avec raison : « Ce qui fait le caractère dominant des temps où nous vivons, c'est la séparation qui s'opère de plus en plus visi-

blement entre la sainte Eglise catholique et tout ce
qui n'est pas elle ; à ce point que bientôt il n'y aura
plus d'une part que des impies déclarés et hostiles,
de l'autre que des chrétiens fidèles et complets [1]. »
Voilà une première vérité incontestable. Tous ceux
qui parlent de renaissance religieuse prouvent
très facilement que, depuis un demi-siècle surtout,
les bons chrétiens s'améliorent sans cesse et progressent admirablement en esprit de foi, en ferveur,
en charité et en œuvres de zèle.

La piété s'accroît de plus en plus chez un certain
nombre de catholiques, grâce à la dévotion envers
le Sacré-Cœur, la sainte Vierge et saint Joseph,
ainsi que par l'habitude de la communion fréquente
et de l'assistance aux offices : on peut remarquer à
ce sujet que l'*Apostolat de la prière* possède aujour-
d'hui treize millions d'associés.

Quant à la charité chrétienne, « elle se présente,
dit le P. Monsabré, partout où il y a une infortune...
Les crèches, les asiles, les écoles, les patronages,
les orphelinats, les refuges, les vestiaires, les dis-
pensaires, les hôpitaux même rivalisent de zèle.....
Rien n'a été oublié : ni la naissance du pauvre, ni
son enfance, ni son éducation, ni son mariage, ni
sa famille, ni son travail, ni ses déplacements, ni
ses infirmités, ni ses tentations, ni ses déshonneurs,
ni les accidents qui éprouvent sa vie tourmentée,
ni son agonie, ni sa mort, ni sa sépulture. » M. Ma-
xime du Camp a écrit naguère un admirable volume

1. Mandement de 1857.

intitulé : *La charité privée à Paris*, qui raconte uniquement les principales merveilles du dévoûment chrétien. Qu'on examine au hasard un programme du premier congrès catholique venu, et l'on verra que la seule nomenclature des œuvres contemporaines de foi, de piété, de charité et de zèle suffit à remplir au moins deux longues colonnes d'un grand journal. Si l'on voulait faire une histoire à peu près complète de ces œuvres il faudrait, sans exagération, se disposer à remplir une vingtaine de volumes.

Mais, alors même qu'on en aurait écrit une centaine à ce point de vue, on n'aurait jamais prouvé la réalité d'une renaissance générale de la religion pour l'époque présente. Tout ce qu'on aurait pu démontrer, parce que cela est parfaitement vrai, c'est que le catholicisme progresse beaucoup en *qualité*, du moins en ce qui concerne la France. Mais c'est là tout au plus le *quart* de la question qui nous occupe. Quand on a constaté le progrès religieux sous le rapport de la qualité, il faut l'examiner encore au point de vue de la quantité.

Les bons chrétiens deviennent tous les jours meilleurs : c'est très consolant; c'est parfait; et il faut désirer avec ardeur que ce mouvement continue d'une manière indéfinie. Mais les catholiques complets, c'est-à-dire pratiquants, progressent-ils en *nombre* comme ils le font en qualité? Ceux qui voient uniquement ce qui se passe dans les villes, se le figurent parfois, parce qu'ils trouvent les églises paroissiales un peu plus fréquentées que jadis. Seulement ils oublient alors une double vérité qu'ils ne devraient pas perdre de vue : c'est que, d'un côté, le nombre des maisons de prière a été sensiblement restreint par l'expulsion des ordres religieux; c'est que, d'autre part, la population d'une foule de villes, et surtout des principales, a presque doublé, et parfois même triplé réellement, dans l'espace d'un demi-siècle. En réalité, la partie urbaine des catholiques pratiquants est à peu près stationnaire depuis assez longtemps sous le rapport de la quantité. Mais en ce qui concerne la campagne, il y a, depuis un temps immémorial, une diminution constante et absolument universelle dans le nombre des chrétiens complets. Voilà ce que reconnaissent sans exception tous ceux qui sont un peu au courant de ce qui se passe en dehors de nos cités.

Telle est la vérité sur la moitié de la question qui nous occupe, c'est-à-dire sur la marche du bien. Mais après avoir examiné cet aspect du mouvement religieux de notre siècle, il faut savoir regarder ce que l'on appelle vulgairement le revers de la médaille — ce que les optimistes ne veulent et ne peuvent jamais faire, grâce à l'essence même de leur tempérament. Or ici le progrès est encore immense, et même universel sous tous les rapports. Les incrédules et les mauvais chrétiens croissent énormément depuis plusieurs siècles, non seulement en qualité — ou plutôt en défauts — mais encore en quantité; non seulement à la campagne, mais

encore dans toutes les villes. Pour ignorer un fait
d'une évidence aussi générale, il faudrait ne pas
savoir le premier mot de la situation religieuse de
notre époque.

En définitive, si nous faisons le résumé de nos
observations sur le mouvement contemporain du
catholicisme, voici quel est le résultat que nous
trouvons : du côté du bien, les villes progressent
en qualité et gardent à peu près le *statu quo* pour
la quantité ; mais les campagnes sont toujours en
perte pour le nombre des chrétiens pratiquants et
ne gagnent à peu près rien sous l'autre rapport ;
par conséquent, dans ce total relatif il n'y a en
somme ni perte ni profit ; mais, du côté du mal, la
décadence est universelle et sans aucune compensation, puisque l'irréligion augmente partout et
sous tous les rapports, dans les villes comme dans
les campagnes, en nombre comme en intensité. Si
nous faisons donc le total général, nous trouvons
que l'Eglise perd d'un côté ce qu'elle gagne d'un
autre, tandis que le monde son ennemi ne perd
absolument rien et gagne au contraire beaucoup
sous toute sorte de rapports.

Voilà, croyons-nous, ce qu'il faut penser du
mouvement moral de notre siècle, et de ce que l'on
appelle la *renaissance religieuse* de notre époque :
cette prétendue renaissance n'est autre chose qu'un
progrès *qualitatif des catholiques de nos villes.*

Mais, pour se faire une idée complète de l'état
actuel du christianisme, il ne suffit pas de comparer

la marche du bien et du mal, il faut encore examiner la situation des forces présentes de chaque armée. Eh bien, pour nous renseigner sérieusement, nous interrogerons tour à tour, à ce sujet, les amis de l'Eglise, ses ennemis, et les témoins qui sont impartiaux en raison de leur neutralité.

Au XVIIe siècle, c'était à peine si Bossuet croyait entendre dans le lointain quelques *bruits sourds d'impiété*. Eh bien, voici le chemin que nous avons fait dans l'espace de deux cents ans.

« On n'exagère rien, dit le P. Régnault, directeur de l'Apostolat de la prière, quand on affirme que le monde moderne retourne à grands pas au paganisme..... Le naturalisme envahisseur et *dominateur* de la société actuelle, qu'est-il autre chose que le paganisme pur ?... Païenne chez nous la majorité de la presse, païens les arts, païens les théâtres, païennes les académies, païens la plupart des journaux et des livres [1]. »

Après les amis les plus dévoués de la religion, interrogeons ses plus grands ennemis et nous recevrons la même réponse. « A notre insu, disait naguère Renan, c'est souvent aux formules rebutées du christianisme que nous devons les restes de notre vertu. Nous vivons d'une ombre, du parfum d'un vase vide ; après nous on vivra de l'ombre d'une ombre... Je crains par moments que ce ne soit un peu léger [2]. »

1. *Messager du Cœur de Jésus*, octobre 1886, p. 398.
2. Discours académique sur les prix de vertu.

Si on se méfie de l'impartialité de ces jugements, on en croira du moins des hommes qui connaissent bien l'état de la société et qui sont tout à fait désintéressés dans la question, comme MM. Caro, Octave Feuillet et Paul Janet. Eh bien, voici comment s'expriment ces académiciens ou philosophes éminents ;

« S'il est un caractère saillant du monde intellectuel à l'heure où nous vivons, c'est l'absence de tout dogmatisme, *plus encore, la haine de tout dogme,* la guerre déclarée, au nom de l'expérience positive, à toute affirmation, quelle qu'elle soit, qui dépasse la sphère de la certitude sensible, vérifiée et contrôlée.... Les doctrines spiritualistes (à plus forte raison les doctrines chrétiennes) ne figurent plus dans le monde intellectuel et scientifique qu'à l'état de minorité [1]. »

« On ne peut nier que l'esprit d'examen ne détache chaque jour les hommes des croyances traditionnelles [2]. »

« *Les hommes de foi sont rares. La société n'est plus chrétienne que de nom.* Du haut en bas, la jouissance est aujourd'hui la loi unique et l'unique foi [3]. »

D'ailleurs, on sait très bien que la presse est le miroir de la société. Or, sur quarante grands journaux qui se publient à Paris, il y en a à peine quatre

1. Caro, *Comment les dogmes finissent.*
2. Paul Janet, *Les problèmes du dix-neuvième siècle.*
3. Octave Feuillet, *La morte.*

ou cinq qui sont vraiment chrétiens, et ce sont certainement ceux qui se vendent le moins. Mgr de Ségur, qui savait bien à quoi s'en tenir sur les mœurs de notre temps, a dit dans son opuscule sur la Révolution :

« Pour quatre-vingt ou cent mille lecteurs de feuilles publiques respectant la foi, l'Eglise, le pouvoir, les principes, cinq ou six millions d'hommes avalent tous les jours le poison destructif que leur présentent goutte à goutte les journaux impies. »

Ce même auteur a donc bien raison quand il dit :
« N'est-il pas évident que, malgré la résurrection religieuse très réelle d'un certain nombre d'âmes d'élite, les masses ont déjà perdu la foi ou sont en train de la perdre ? »

Eh bien, voyons maintenant ce qu'il faut penser de la séparation des peuples d'avec l'Eglise.

Cette scission religieuse a déjà commencé au onzième siècle par le schisme d'Orient; elle s'est continuée au seizième par le schisme d'Occident ou le protestantisme ; et elle se consomme depuis cent ans par la Révolution, qui enlève à l'Epouse du Christ les seules quatre nations qui lui restaient encore, c'est-à-dire la France, l'Autriche, l'Espagne et l'Italie.

Ici nous trouvons de nouveau trois sortes de témoins pour attester la vérité : des amis, des ennemis et des indifférents.

Ainsi, le grand pape Léon XIII nous dit, dans

son admirable encyclique *Immortale Dei* : « Non
seulement les Etats refusent aujourd'hui de se
conformer aux principes de la philosophie chrétienne, mais ils paraissent vouloir s'en éloigner
tous les jours davantage. » M. de Freycinet ne fai-
sait donc que lui servir d'écho quand il affirmait
dans son programme ministériel que le régime de
la séparation entre l'Eglise et l'Etat est « le seul
qui soit conforme aux tendances de l'esprit moderne. »

Mais si l'on veut un témoin aussi compétent que
désintéressé dans la question, on n'a qu'à interro-
ger l'esprit de la langue. Rien n'était plus commun
autrefois que les termes de *chrétienté* et de *catholicité*,
employés pour désigner l'ensemble des Etats qui
faisaient profession de christianisme et de catholicisme. Mais aujourd'hui ces mots ne semblent plus
être français, et ils ont disparu depuis un siècle du
langage courant, parce qu'ils se trouvent dépourvus
de tout objet actuel.

Pour descendre du général au particulier, examinons d'abord la situation de la France, puisqu'elle
est — ou plutôt qu'elle a été — *la fille aînée de l'E-
glise*. Est-ce que la scission entre l'Etat et la religion
catholique n'est pas à la veille d'y être entièrement
accomplie ?

Au moment où nous écrivons ces lignes, la Cham-
bre des députés vient d'assister, dans sa séance du
14 décembre 1886, à une discussion sur cette matière
entre M. Clémenceau, le chef du radicalisme, et

M. Goblet, représentant *provisoire* de l'opportunisme et du gouvernement.

« Si étrange que cela puisse vous paraître, dit le premier, j'ai la conviction qu'il y a ici une majorité pour la séparation de l'Eglise et de l'Etat. Oui, le jour où le gouvernement viendrait nous dire : Je veux la séparation de l'Eglise et de l'Etat, je la prends à ma charge, je vais la faire, je vais vous présenter des projets de loi sur les associations, sur les biens de main-morte, sur la police des cultes, — *ce jour-là il serait assuré d'avoir avec lui une immense majorité.* » Le *Journal officiel* ajoute après ces mots : « Vifs applaudissements à gauche. » M. Goblet répond, comme tous les opportunistes, que le moment de séparer l'Etat de l'Eglise ne lui paraît pas encore tout à fait arrivé, mais que cette solution de la question est « *la seule possible et désirable.* »

Mais d'ailleurs, voici les aveux que fait sur ce point le principal organe de l'opportunisme, le journal *la République française* : « La séparation des Eglises et de l'Etat ? *Mais nous vivons depuis longtemps en pleine séparation de l'Etat et des Eglises.* Quand le gouvernement de la République et les Chambres républicaines ont séparé l'Eglise de l'école, l'Eglise de l'hôpital, l'Eglise du cimetière, l'Eglise de la commune, en rendant facultatifs les crédits naguère obligatoires pour le service des cultes, qu'ont-ils fait sinon séparer l'Eglise de l'Etat ? Et demain, *quand le service des séminaristes sera obligatoire, quand la loi réglementera les droits des congrégations et que vous préparerez une loi sur la police des cultes,* que feront le gouvernement et le parlement sinon continuer à séparer l'Etat des Eglises [1] ? ,

Quand le principal organe de la *république modérée* s'exprime de la sorte, on ne peut pas s'étonner que le cardinal Guibert, archevêque de Paris, parle ainsi au chef de l'Etat, dans une lettre demeurée célèbre : « En vérité, Monsieur le Président, je ne puis m'empêcher de me demander où nous en sommes. *Le concordat est-il abrogé ou est-il encore en vigueur ? Depuis six ans, le gouvernement n'a cessé de poursuivre le clergé, d'affaiblir les institutions chrétiennes et de préparer l'abolition de la religion elle-même....* En 1880, les ordres religieux sont dispersés par la violence.... En 1882, une loi scolaire efface la religion du programme de l'enseignement public et inflige à la France chrétienne, sous le nom jusqu'ici inconnu de neutralité, la flétrissure d'un athéisme officiel... D'année en année le budget des cultes est diminué... les bourses des séminaires sont rayées du budget; les vicariats sont supprimés par centaines... Les ministres de la religion sont exclus des hôpitaux et des établissements qui dépendent de l'Etat ou des communes... *En attendant la loi qui doit porter le dernier coup au culte catholique par l'abrogation de la dispense du service mili-*

1. 15 novembre 1886.

taire en faveur du clergé, nous assistons à la discussion d'un projet de loi qui achève d'ôter à l'enseignement public tout caractère chrétien. »

Si l'on est tenté d'accuser un évêque d'exagération sur les rapports de notre société avec le catholicisme, on ne fera pas probablement le même reproche à la *Revue des Deux-Mondes*, qui aime tant à s'honorer — ou à se déshonorer — avec la prose d'un Renan. Eh bien, voici ce que dit ce fameux organe de la libre-pensée, le 15 avril 1886 :

« On demande la séparation de l'Eglise et de l'Etat ; mais peut-on dire qu'en France l'Eglise et l'Etat soient réellement unis ?... *Dans tous les domaines de la vie publique, il y a en fait séparation....* Loin que l'Etat ait un caractère confessionnel, il n'y a même pas en France de religion d'Etat... *Ce qu'on poursuit sous le nom de séparation de l'Eglise et de l'Etat, c'est tout bonnement la suppression du budget des cultes, c'est-à-dire la spoliation du clergé.... L'Eglise, durant la tourmente révolutionnaire, avait été dépouillée de ses biens et de ses temples : le concordat lui a rendu ses temples, et, en compensation de ses biens aliénés au profit de la nation, il a promis aux ministres du culte un traitement....* Supprimer le modeste traitement du clergé en gardant tout le revenu de ses biens sécularisés, ce serait faire banqueroute et à l'Eglise et à la Révolution..., car la *Constitution* de 1791 s'exprime ainsi [1] : « *Le trai-*

1. Titre V, art. II.

tement des ministres du culte catholique fait partie
de la DETTE NATIONALE. »

« On se plaît souvent à comparer les rapports
actuels de l'Eglise et de l'Etat à un mariage mal
assorti... On veut le divorce ; très bien, mais en
cas de divorce *il est d'usage* de rendre à la femme
la fortune apportée par elle. Or ici la dot ce sont
les biens de l'Eglise comme capital, le traitement
comme intérêt..... Si on veut la séparation de
l'Eglise, qu'on capitalise à son profit le budget des
cultes et qu'on lui en remette le montant en
titres de rentes ; ou bien, si on le préfère, qu'on lui
en serve à perpétuité les intérêts, en les inscrivant
au chapitre de la dette. Voilà la séparation équi-
table, qui consisterait à rendre à l'Eglise sa liberté
en lui laissant ses revenus, comme en Belgique.
Mais ce n'est pas du tout ce qu'on veut chez nous.....
Demandez aux Clémenceau et aux Goblet comment
ils entendent la liberté des cultes. Ils vous répon-
dront par des projets de loi contre le clergé, les
congrégations et les associations religieuses, par
des lois d'exception contre les ministres du culte ;
ils ne parlent de droit commun que pour avoir la
satisfaction de leur voir porter le képi. En France,
on entend enlever au clergé son chétif traitement
sans lui donner en échange *ni indemnité ni dotation,*
sans même lui concéder le droit d'acquérir. Une
Eglise sans ressources, incapable de recruter son
clergé et de l'entretenir ; une Eglise enserrée dans
l'étroit réseau de chaînes légales et fiscales de

toute sorte ; en un mot, *une Eglise mendiante et esclave,* tel est l'idéal de ses ennemis..... S'ils pensent au lendemain, c'est uniquement pour l'empêcher de se refaire des revenus. *Leur politique ressemble au procédé des détrousseurs de grand chemin qui, en dépouillant les voyageurs, les laisseraient nus sur la route — avec injonction de ne plus porter que des haillons de mendiants.* »

Voilà où en est la France dans ses rapports avec l'Eglise. Or il ne faut pas se figurer que cet état de choses soit un pur effet du régime politique actuel, c'est-à-dire du nom et de la forme de notre gouvernement. La cause du mal est beaucoup plus profonde que cela : elle est tout entière dans les mauvaises élections, et par conséquent dans les mauvais électeurs. Pourquoi la majorité des Français préfèrent-ils se faire représenter au gouvernement par les ennemis de la religion que par ses amis, — alors même que l'Etat est du côté de l'Eglise, comme il y a été pendant sept ou huit ans avec Thiers et Mac-Mahon ? *Uniquement parce que la plupart des électeurs sont de très mauvais chrétiens, et aiment mieux écouter les adversaires du prêtre que le prêtre lui-même.* Toute la source du mal est là, et c'est faire entièrement fausse route que d'aller la chercher ailleurs.

Nous avons donc parcouru beaucoup de chemin depuis que Bossuet croyait à peine entendre quelques *bruits sourds d'impiété.* Dans l'espace de deux siècles l'irréligion a progressé dans des proportions épouvantables ; et cela, d'une manière continue et de plus en plus rapide — à cause de la vitesse acquise toujours plus grande ; et cela, sous tous les régimes politiques sans exception. Et l'on voit encore une foule de gens qui croient donner une grande preuve de perspicacité en disant, au sujet de la *guerre* contre l'Eglise décorée du nom de *séparation :* « Oh ! cela ne durera pas ! Il y aura bientôt une réaction générale, qui balayera les persécuteurs et qui remettra tout en ordre pour longtemps ! Voyez si les excès de la Révolution n'ont pas fait surgir un Bonaparte et un Concordat avec l'Eglise ! »

Tous ceux qui raisonnent ainsi ont le tort grave d'oublier que le monde est infiniment loin d'être stationnaire. Et en effet, la société marche toujours, ou plutôt *elle tombe* — moralement et religieusement — depuis la fin du treizième siècle, c'est-à-dire depuis six cents ans. Tout d'abord sa chute a été assez lente et n'a eu d'autre effet que de faire abandonner la pratique des sacrements et des vertus ordinaires. Mais dans le siècle précédent c'est la foi elle-même qui disparaît dans les hautes classes et dans la population des villes en général, — de manière qu'en si peu de temps la France de Louis XIV peut assez se gâter pour devenir la France de la Révolution. Or la chute morale du monde ne s'est pas arrêtée depuis cette époque ; elle est devenue au contraire plus rapide en vertu d'une plus grande vitesse acquise, et elle a fini par enlever plus ou moins la foi aux masses populaires de la campagne, dans la plupart de nos provinces. Aussi, il suffirait que l'*Opportunisme* conservât encore le pouvoir pendant dix ans pour qu'il étranglât l'Eglise de France de manière à rendre toute réaction désormais impossible. Mais si le Radicalisme vient à faire naître et aboutir un mouvement contraire des esprits par son excessive précipitation, il est absolument certain pour nous que cet état ne durera pas, — parce que l'ensemble du pays sera bientôt assez irréligieux pour que la scission du gouvernement avec l'Eglise lui plaise beaucoup plus que son union. Aussi, le seul prétendant sérieux qui existe pour la succession de la république n'a pas cru pouvoir *promettre* aux catholiques, dans sa fameuse Note du 1er septembre 1886, autre chose que la « *fin de la persécution religieuse.* »

Mais, après avoir tant parlé de notre pauvre patrie, il est grand temps de dire un mot sur les autres principales nations de l'univers.

L'Italie est encore plus enfoncée que la France dans sa guerre au catholicisme ; car il y a déjà longtemps qu'elle a dépouillé le Chef de l'Eglise de sa liberté réelle en lui volant ses Etats d'une manière complète, et depuis quelques années elle assujetit les élèves du sanctuaire au mortel régime de la vie de caserne. D'un autre côté, l'Espagne est on ne peut plus travaillée par les doctrines révolutionnaires, c'est-à-dire antichrétiennes. Quant à l'Autriche, qui est encore le pays le moins irréligieux de l'Europe, elle a abrogé depuis 1872 un Concordat avec le Saint-Siège qui avait pour elle le grand tort d'être une excellente formule de gouvernement chrétien ; mais ce qu'il y a de plus caractéristique pour sa conduite, c'est qu'elle refusait naguère d'agréer un représentant d'une nation protestante comme celle des Etats-Unis par la seule raison que celui-ci était trop catholique, c'est-à-dire parce qu'il avait autrefois parlé publiquement en faveur du pouvoir temporel de la Papauté.

En Angleterre, il y a au moins les deux tiers de la population qui n'ont plus même une ombre de foi ; aussi on est à la veille d'y proclamer comme en France la séparation de l'Eglise et de l'Etat, — ce qui, d'ailleurs, serait déjà fait depuis longtemps, si ce n'était l'esprit éminemment traditionaliste de ce pays. Sur les quarante millions d'hommes qui peuplent les Etats-Unis, il y en a bien trente millions qui ne donnent pas le moindre signe d'une croyance quelconque. « En Prusse, dit M. Tissot, il y a 50 pour cent de mariages purement civils. Sur 27.500 enterrements qui ont eu lieu à Berlin en 1874, 24.000 au moins ont été des enterrements civils. Il y a 16 à 20 pour cent d'enfants nouveau-nés qui ne sont pas baptisés... L'Allemagne est tout entière en proie à la dissolution matérialiste... L'incrédulité règne dans les temples déserts ; l'incrédulité tombe même de la chaire sacrée [1]. » La

1. *Les Prussiens en Allemagne.*

noblesse de la Russie est entièrement sceptique, parce qu'elle emprunte à peu près toutes ses idées aux savants incrédules de la France et de l'Allemagne; quant au peuple de ce pays immense, toute sa religion consiste dans quelques pratiques extérieures, uniquement inspirées par la routine et sans influence aucune sur la moralité.

Il y a donc aujourd'hui un divorce général entre les sociétés et l'Eglise, entre les hommes et la foi chrétienne. Nous sommes, en conséquence, pleinement d'accord avec Mgr de Ségur pour reconnaître ce grand signe avant-coureur de l'avènement du Fils de Dieu et du jour du Seigneur. Oui, c'est bien pour un avenir prochain que Jésus-Christ a dit : « Lorsque le Fils de l'homme viendra, pensez-vous qu'il trouvera de la foi sur la terre ? »

Mais alors, vont nous objecter les partisans de Mgr de Ségur, vous admettez donc que nous approchons de la fin de l'univers ! — Nullement : nous pensons au contraire que nous en sommes indéfiniment éloignés. — Mais cependant, tout le monde dit que Jésus-Christ ne doit revenir qu'après la résurrection générale, et que le *jour du Seigneur* dont parle si souvent l'Ecriture est tout simplement le jour du jugement dernier. — C'est vrai, tout le monde le dit, ou à peu près... Mais personne ne le prouve..... et nous espérons précisément démontrer le contraire.

En attendant, comme nos adversaires ne nous opposent pas d'autres raisons sérieuses que les précédentes, voici un nouvel argument que nous leur proposons de faire valoir contre nous : ´

Le monde est nécessairement condamné à périr bientôt parce que, d'un côté, il lui sera tout à fait impossible de vivre longtemps sans la foi, et que, d'une autre part, il est radicalement incapable de redevenir chrétien sans une intervention divine tellement puissante qu'elle éclipse en quelque sorte toutes celles du passé.

Demandons-nous, en effet, quel sera l'état *moral* et *social* d'un monde ne croyant plus désormais, selon l'expression populaire, ni à Dieu ni à diable.

M. Goblet lui-même, dans un discours prononcé à Bordeaux, a fait cet aveu qui est bien grave de sa part : « Il n'est pas de moraliste, d'homme politique, ou simplement de bon citoyen, qui, en interrogeant l'avenir, ne se demande, *avec une certaine anxiété*, ce que seront les générations élevées sous l'influence des idées nouvelles. »

Ce qu'elles seront, nous allons nous le faire dire par Rousseau, par Voltaire et par Napoléon Ier, qui se connaissaient en hommes et qui ne seront pas — peut-être — trop suspects de *cléricalisme*.

« Que tous les autres hommes fassent mon bien aux dépens du leur, que tout se rapporte à moi seul, *que tout le genre humain meure, s'il le faut, dans la peine et dans la misère, pour m'épargner un moment de douleur ou de faim : tel est le langage intérieur de tout incrédule qui raisonne.* Oui, je le soutiendrai toute ma vie ; quiconque a dit dans son cœur : Il n'y a point de Dieu, et parle autrement, n'est qu'un menteur ou un insensé [1]. »

« Je ne voudrais pas avoir affaire à un prince athée qui trouverait son intérêt à me faire piler dans un mortier ; *je suis bien sûr que je serais pilé !* Je ne voudrais pas, si j'étais souverain, avoir affaire à des courtisans athées dont l'intérêt serait de m'empoisonner ; il me faudrait prendre au hasard du contre-poison tous les jours. *Il est donc absolument nécessaire, pour les princes et pour les peuples, que l'idée d'un Être suprême, créateur, gouverneur, rémunérateur, vengeur, soit profondément gravée dans les esprits [2].* »

« Sans la religion, les hommes se battraient pour la plus belle femme ou la plus grosse poire. »

C'est Napoléon Ier qui a dit cela, et il s'est appliqué toute sa vie à le prouver par son exemple, — car il n'a pas craint de faire égorger plus d'un million d'hommes — pour le seul plaisir d'avoir une poire beaucoup plus grosse que tous les autres souverains.

C'est donc une chose incontestable pour tout autre qu'un imbécile rêveur : quand on ne croira plus à rien on se battra *indéfiniment.*

Jusqu'ici c'est le riche qui a mangé les plus grosses poires, — sans suer beaucoup pour les faire venir, — parce que le pauvre a généralement respecté le droit de propriété. Mais sous le régime de

1. J.-J. Rousseau, *Émile*, t. III, p. 206.
2. Voltaire, *Dictionnaire philosophique*, au mot ATHÉISME.

l'incrédulité universelle on ne connaîtra plus de
ces droits-là : on n'admettra que celui de la force.
On se battra donc entre riches et pauvres, pour
savoir lequel des deux partis doit l'emporter sur
l'autre. Mais il se rencontre que l'un est au moins
cent fois plus considérable que l'autre. Il finira
donc nécessairement par remporter la victoire, et
les vaincus auront le sort de ceux de l'antiquité,
c'est-à-dire qu'ils seront — ou exterminés — ou
réduits en esclavage, attelés à la charrue et conduits
à coups d'aiguillon et de fouet comme les bêtes
de somme.

Mais les vainqueurs, comment feront-ils donc
pour se partager les dépouilles, et pour jouir le
plus possible en travaillant le moins possible —
selon la formule du socialisme ? Une fois qu'on
aura les poires, comment s'y prendra-t-on pour
savoir qui doit manger les plus grosses ou les
plus nombreuses ? Les faibles diront qu'il faut en
diviser le total d'une manière parfaitement égale
entre chacun des vainqueurs. Mais les forts ne
l'entendront pas ainsi, parce que ce serait la néga-
tion du droit de la force ; ils voudront à tout prix
avoir la part du lion, c'est-à-dire le tout ; et, comme
les autres ne pourront pas être de cet avis, la première guerre sociale qui écrasera les propriétaires
sera immédiatement suivie d'une seconde qui exter-
minera la moitié des socialistes ou les réduira en
esclavage. Or les nouveaux vainqueurs ne seront
pas tous également forts ; il faudra donc qu'ils se

battent encore pour savoir qui a définitivement droit aux plus grosses poires. D'ailleurs, il ne faut pas supposer que les esclaves ne se mettront jamais en révolte contre leurs bourreaux. C'est donc là guerre partout et toujours qui doit être l'unique partage d'un monde sans croyances.

« Eh bien! quel mal y a-t-il là? dit la célèbre école évolutionniste de Spencer. Voilà précisément la grande source du progrès. La *lutte pour l'existence*, la loi de *la concurrence vitale*, *la guerre* en un mot, c'est-à-dire l'écrasement du plus faible par le plus fort, fait sans doute le malheur de l'individu qui succombe; mais, d'un autre côté, c'est de là que provient tout le perfectionnement de la race humaine, comme celui de tous les êtres vivants. Voyez les animaux : ils ont commencé par n'être qu'une simple et informe cellule; et, *grâce au combat pour la vie*, cette cellule est devenue à la longue un bœuf, un singe, et même un homme de génie. »

Voilà comment raisonnent aujourd'hui la plupart de nos plus grands savants et philosophes. Malheureusement, ils ont tout contre eux, et les faits et la raison. L'expérience dit que la guerre n'a jamais perfectionné à peu près rien et qu'elle a produit des ruines immenses. Ainsi, quoique les loups se mangent entre eux depuis six mille ans, ils ne sont ni moins bêtes ni plus forts et plus gros qu'autrefois. D'ailleurs, en comparaison des guerres humaines, les luttes entre animaux ne sont que des amusements. Et en effet ces derniers n'ont guère pour se détruire que des dents, des griffes ou des aiguillons empoisonnés ; ils ne se livrent guère que des combats singuliers, faute de savoir se parler bien clairement ; et, quoi qu'en puissent dire les transformistes, ils ne font aucun progrès sensible ni pour leur armement ni pour rien autre chose : aussi le plus gros d'entre eux est presque toujours sûr d'écraser les petits et de ne pas être dévoré à son tour. Les hommes au contraire savent se liguer en nombre indéfini pour combattre leurs adversaires et pour triompher d'eux, quelque forts que soient ceux-ci naturellement : c'est ce qu'on a vu en particulier dans la victoire de l'Europe contre Napoléon. Mais, par dessus-tout, le genre humain sait perfectionner sans limites les moyens de se détruire. Ainsi, les haches et les flèches ne faisant pas assez de ravages, on a inventé la poudre, qui est cent fois plus efficace pour donner la mort. La chimie découvrant dans notre siècle des matières explosives de plus en plus puissantes, la poudre est supplantée à son tour par la *dynamite*, et celle-ci de nouveau par la *mélinite*. Que sera-ce donc dans quelques centaines d'années ! On aura trouvé le moyen de se tuer en masse — sans faire l'ombre d'un effort.

On va peut-être nous objecter que la crainte même de leur destruction ramènera les hommes à de meilleurs sentiments, et les rendra de nouveau chrétiens en leur inspirant le désir de la foi. Mais c'est là une chose qui serait impossible pour un temps ordinaire et qui le sera à plus forte raison pour l'avenir.

Et en effet, on peut bien souhaiter que les autres soient chrétiens pour éviter toute injustice de leur part ; mais ce ne sera pas un vœu de cette nature qui changera des sceptiques en croyants. Pour que le désir de la foi soit efficace, c'est pour soi-même qu'il faut la vouloir, et non pas seulement pour les autres : or, à moins d'un miracle, on ne peut pas avoir une volonté suffisante de croire quand on ne croit pas déjà, — c'est-à-dire que le libre-penseur est séparé du christianisme par un cercle vicieux naturellement infranchissable. Saint Augustin a dit avec raison : « Ou le monde païen s'est converti par le secours des miracles, ou sa conversion elle-même est le plus grand des prodiges. » Et en effet, la révélation chrétienne a deux faces, dont l'une est entièrement obscure et dont l'autre est tout juste assez éclairée pour qu'on puisse la voir nettement — à condition de la regarder d'un œil bien attentif et encore *surnaturel*. Or l'homme n'étant, surtout depuis le péché originel, qu'une incarnation de la triple concupiscence, et la religion de Jésus-Christ ne consistant au contraire que dans une guerre acharnée contre toutes les passions, il y a toujours eu et il y aura toujours entre elle et notre cœur une antipathie absolument invincible pour tout autre que Dieu. Il résulte de là que toute conversion d'un incrédule est un miracle — visible ou invisible. Et en effet, pour devenir chrétien d'esprit il faut l'être

déjà de cœur, et pour l'être de cœur il faut commencer par l'être d'esprit ; pour arriver à la foi on
a besoin de le vouloir à tout prix et par conséquent
de posséder à l'avance les vertus chrétiennes de
l'humilité, de la justice, de la pureté, de l'amour de
Dieu, — et pour acquérir de telles qualités il est
indispensable d'avoir la foi. Et dire que beaucoup
de gens comptent encore, pour la conversion de
l'univers, soit sur la crainte des catastrophes
sociales, soit sur de bons gouvernements tombés
du ciel, soit sur les œuvres de zèle, soit sur les
perfectionnements de l'apologétique chrétienne ! !

Mais, objectera-t-on peut-être, ce qui a fait
croire le monde une première fois pourra bien le
faire croire une seconde. Voilà la conviction, mais
aussi la grande erreur des hommes d'espérance.
Ils ne savent pas tenir compte des énormes change-
ments qui se sont produits dans les esprits civilisés, et en particulier du *scepticisme scientifique
tout à fait incurable* qui possède aujourd'hui les
neuf dixièmes de nos philosophes, savants, écri-
vains, médecins, artistes, professeurs, journalistes
et hommes d'Etat, en un mot de tous ceux qui font
l'opinion de la société parce qu'ils se trouvent à sa
tête. On ne croit plus aujourd'hui absolument à
rien, non plus, comme autrefois, par affectation de
bel esprit et fantaisie toute pure, — mais par
raison démonstrative et à grand renfort de profondes études. Or, si le scepticisme est réfutable
pour les vérités purement rationnelles, comme nous

l'avons prouvé ailleurs, il est absolument invincible en théorie sur le terrain des faits réels. Aussi, Jésus-Christ aurait beau revenir pour renouveler en plein Paris tous les miracles qu'il a faits dans la Judée, y compris la résurrection de Lazare, il ne convertirait pas peut-être dix incrédules.

Qu'avons-nous à répondre à ce nouvel argument prêté à nos adversaires? C'est ce que l'on verra dans les chapitres suivants consacrés à l'histoire de l'Antéchrist et de l'avenir général du genre humain.

CHAPITRE II

LA GRANDE AGONIE DE L'ÉGLISE
OU LA PERSÉCUTION SANS PAREILLE DE
L'ANTÉCHRIST

L'histoire de l'Antéchrist exposée par les divines Ecritures est d'une importance tout à fait capitale, parce qu'elle nous donne la clef de toutes les vicissitudes heureuses et malheureuses réservées à l'Eglise et au genre humain d'ici à la fin de l'univers.

Pour en faire l'esquisse rapide, indispensable pour notre étude, nous devons d'abord rappeler le texte de saint Jean, qui désigne le grand ennemi de Dieu sous ce nom fameux d'*Antéchrist.*

« Le monde passe, dit l'Apôtre bien-aimé, et sa concupiscence aussi ; mais celui qui fait la volonté de Dieu demeure éternellement. Mes petits enfants, cette heure-ci est la dernière heure ; et, comme vous l'avez entendu dire, l'Antéchrist vient ; bien plus, il y a déjà beaucoup d'antéchrists, d'où nous savons que c'est la dernière heure [1]. »

[1] I Joann., ii, 17.

Cornélius a Lapide, qui est le grand commentateur classique de l'Écriture sainte, s'exprime ainsi à ce sujet : « Quoique, par étymologie, antéchrist veuille dire ennemi du Christ (et c'est dans ce sens que, d'après saint Jean, tous les hérétiques sont des antéchrists), *cependant il est certain et de foi que l'Antéchrist sera un homme unique, un personnage particulier*, dont le nom est encore inconnu, *et qui sera nommé l'Antéchrist par antonomase, parce qu'il sera le grand ennemi du Christ. Du reste, tel est le sentiment unanime de toute l'Église et de tous les Pères*, qui sont cités par Sandère, dans son livre sur l'Antéchrist, et par Bellarmin, dans son livre III, sur le Pontife. »

Nous avons souligné ce passage et nous le signalons tout spécialement à l'attention du lecteur, parce que Bergier — dont le dictionnaire théologique est assez répandu et que plus d'une personne pourrait consulter comme une autorité dans la matière — Bergier, disons-nous, a tellement sommeillé sur cette question — « quandoque bonus dormitat Homerus », — qu'il a écrit cette énormité : « Nous n'avons aucune preuve certaine que saint Jean, par l'Antéchrist, ait entendu un seul homme, *puisqu'il dit qu'il y a eu plusieurs antéchrists.* »

Quelle est l'autorité d'un simple théologien, comme Bergier, dans une question purement scripturale, telle que celle de l'Antéchrist ? Elle peut sembler quelque chose, si on la considère séparément ; mais tout le monde avouera sans peine qu'elle devient absolument nulle, si on la met en balance avec celle *de toute l'Eglise, de tous les Pères et de tous les interprètes de l'Ecriture*. Or, si l'autorité du *savant* Bergier n'est rien ici, on peut dire sans exagérer que sa raison vaut encore moins que rien. Eh quoi ! parce que saint Jean dit qu'il y a plusieurs antéchrists et prend ainsi ce terme comme nom commun, il ne peut pas être certain qu'il l'ait pris aussi comme nom propre et pour désigner un personnage particulier ! Mais tout le monde sait — y compris même Bergier — qu'en vertu d'une figure de rhétorique qu'on appelle antonomase, tout nom commun peut servir évidemment de nom propre, et tout nom propre de nom commun. Les Grecs disaient l'*Orateur*, pour Démosthène ; le *Poète*, pour Homère. Par les mêmes noms, les Latins désignaient Cicéron et Virgile. Les chrétiens disent le *Roi-Prophète*, pour David ; le *Sage*, pour Salomon ; l'*Apôtre*, pour saint Paul ; et l'*Antéchrist, pour le plus grand ennemi de Jésus-Christ.*

Bergier oserait-il soutenir que, quand un auteur dit : l'*Apôtre*, on ne peut jamais savoir s'il parle d'un homme unique, sous prétexte qu'il y a plusieurs apôtres ? Mais il se rencontre précisément qu'on le sait toujours, et que l'antonomase n'est nullement accusée de produire des amphibologies. C'est d'ailleurs une chose bien facile à expliquer.

Il est bien entendu pour tout le monde, en vertu du sens commun, qu'un nom ordinaire ne peut servir de nom propre qu'au plus grand objet de ce nom, et encore à condition qu'il en réalise le sens à un degré tellement supérieur qu'il éclipse les autres. Supposons donc une phrase comme celle-ci : « C'est l'Apôtre qui a évangélisé la Grèce. » Il sera évident qu'il s'agit là, non pas d'un apôtre quelconque, ni même de l'apôtre en général, mais d'un homme particulier, aussi clairement désigné que si l'on avait dit saint Paul. Pourquoi en est-il ainsi ? C'est, premièrement, parce que l'action attribuée au sujet le suppose unique en vertu de sa nature particulière ; secondement, parce que l'article joint à ce sujet singulier prouve qu'il s'agit d'une personne déterminée et non pas d'un homme quelconque ; et troisièmement, enfin, parce qu'un nom commun en soi ne peut faire fonction de nom propre que pour un sujet le réalisant au suprême degré, et éclipsant en quelque sorte tous ceux de son ordre, comme le fait saint Paul à l'égard des autres apôtres.

Mais nous avons peut-être eu tort de nous livrer à une discussion si aride et si peu intéressante pour la plupart des lecteurs. Aussi nous nous hâtons d'entrer dans le cœur même du sujet, en citant, pour commencer, le portrait de l'*Antéchrist* qui est tracé par l'*Apôtre* dans sa seconde Épître aux Thessaloniciens :

« Nous vous conjurons, mes frères, par l'avènement de Notre-Seigneur Jésus-Christ, et par notre réunion avec lui, de ne point vous laisser si vite ébranler dans vos sentiments, ni effrayer, soit par quelque esprit, soit par des discours, soit par des lettres supposées venir de nous, comme si le jour du Seigneur était proche. Que personne ne vous séduise en aucune manière; car il ne viendra point qu'auparavant ne soit venue l'*Apostasie* (encore une antonomase, rappelant celle que l'on fait en disant: la *Révolution*, pour celle de 1789), et que n'ait paru l'Homme du péché, le Fils de la perdition, qui se pose en ennemi et s'élève au-dessus de tout ce qui est appelé Dieu, ou qui est adoré, jusqu'à s'asseoir dans le temple de Dieu, se faisant passer lui-même pour Dieu... Et alors apparaîtra cet impie que le Seigneur Jésus tuera par le souffle de sa bouche et qu'il détruira par l'éclat de son avènement. Il viendra par l'opération de Satan, au milieu de toute sorte de miracles, de signes et de prodiges menteurs, et avec toute séduction d'iniquité pour ceux qui périssent, parce qu'ils n'ont pas reçu l'amour de la vérité afin d'être sauvés [1]. »

C'est à propos de ce texte que Cornélius a Lapide, dans son grand commentaire de l'Ecriture, fait le raisonnement suivant, dont nous avons rapporté plus haut les conclusions : « *Il est certain et de foi que l'Antéchrist sera un homme unique, un personnage particulier*, dont le nom est encore inconnu, et qui sera nommé l'Antéchrist par antonomase, parce qu'il sera le *grand ennemi du Christ*. Cela ressort évidemment de ce que ce même personnage est appelé ici l'homme du péché, le fils de la per-

1. II Thess., II, 1.

dition, se donnant comme un dieu, cet impie que le Seigneur Jésus tuera, etc., mots qui, dans le texte grec, sont toujours accompagnés de l'article ὁ qui désigne une personne déterminée : ὁ ἄνθρωπος τῆς ἁμαρτίας, ὁ υἱὸς τῆς ἀπωλείας, ὁ ἀντικείμενος, ὁ ἄνομος. Comment l'*Apôtre* aurait-il pu représenter plus clairement un homme particulier ? »

Oui, il est pleinement certain et évident que saint Paul parle ici, non pas d'un pécheur quelconque et indéterminé, puisqu'il dit : *l'homme du péché, le fils de la perdition, cet impie,* — ni du pécheur en général, puisque tous les actes qui lui sont attribués sont de nature essentiellement singulière et non pas générale, — mais d'un personnage unique et parfaitement déterminé. Or, en vertu de la règle fondamentale de l'antonomase, on ne peut de la sorte se servir d'un nom commun en guise de nom propre que pour désigner un sujet à qui l'appellation convienne d'une manière éminente et beaucoup plus qu'à tout autre. Aussi il n'y a pas un seul Père de l'Eglise, pas un seul commentateur de l'Ecriture sainte qui n'ait appliqué ce passage au plus grand pécheur et au plus grand impie qui doive exister, c'est-à-dire à l'*Antéchrist,* à l'ennemi par excellence de Jésus-Christ. Cornélius dit même que c'est là une vérité de foi : nous ne voulons pas aller si loin, parce que nous le croyons inutile ; mais, tous les Pères et les interprètes de l'Ecriture affirmant que c'est là une vérité certaine, et le faisant pour des raisons parfaitement évidentes, nous

nous contentons d'être de leur avis et d'espérer
que nous serons d'accord sur ce point avec tous nos
lecteurs intelligents.

Aussi nous allons nous mettre sans plus de retard à dégager du texte de saint Paul tous les traits
certains que nous y trouverons sur la nature et
l'histoire de l'Antéchrist.

Ce qui en ressort en premier lieu, c'est que ce
fameux ennemi de Jésus-Christ sera un homme, et
non pas un démon, puisque l'Apôtre l'appelle ex-
pressément « l'homme du péché », et qu'il ajoute :
« Il viendra par l'opération de Satan » ; si l'Antéchrist était Satan en personne, ce ne serait pas
Satan qui le ferait venir. Toutefois, on peut bien
dire, mais seulement par figure, que ce fameux impie sera un démon incarné, — en ce sens qu'il pos-
sédera tous les vices, toute la puissance et à peu
près tout le génie de l'esprit infernal dont il sera
l'*envoyé* au même titre que le Fils de Dieu est l'*envoyé* du Père éternel.

Saint Paul nous apprend en outre que l'Antéchrist sera *athée* sous un rapport, car il « s'élèvera
au-dessus de tout ce qui est appelé Dieu », mais qu'il
sera aussi *théiste* à un autre point de vue, puisqu'il
« se fera passer lui même pour Dieu. » Il sera donc
partisan de sa propre divinité, et nous verrons plus
loin qu'il exigera, sous peine de mort, que tout le
monde soit du même avis et l'adore d'une manière
évidente. C'est pour cela qu'il ira « *s'asseoir dans le
temple même de Dieu en se montrant comme Dieu.* »

L'Apôtre nous enseigne enfin dans ce passage que l'Antéchrist « se posera en ennemi de tout ce qui est appelé Dieu ou qui est adoré (et par conséquent de Jésus-Christ en particulier), et qu'il viendra par l'opération de Satan, *au milieu de toute sorte de miracles,* de signes et de prodiges menteurs, et avec toute séduction d'iniquité. » Pour le moment, nous nous abstenons de tout commentaire sur ces données remarquables, parce que nous en trouverons bientôt dans l'Ecriture elle-même des explications précises et certaines. Mais nous prierons le lecteur de bien observer en passant que, selon le texte formel de saint Paul, l'Antéchrist doit périr précisément par *une intervention directe, personnelle et éclatante du Fils de Dieu,* c'est-à-dire par un *véritable avènement de sa part : « Et alors apparaîtra cet impie que le Seigneur Jésus tuera par le souffle de sa bouche, et qu'il détruira par l'éclat de son avènement.* »

Qu'importe après cela que Bergier ait écrit : « Il est fort douteux si, dans la seconde Epître aux Thessaloniciens, saint Paul, par *l'homme du péché,* a voulu désigner l'Antéchrist (il admet donc ici qu'on peut appeler quelqu'un en particulier l'Antéchrist) ou *un* des persécuteurs qui avaient entrepris la ruine du christianisme ? » Si cette phrase prouve quelque chose, c'est que Bergier dormait d'un profond somme tout en l'écrivant, comme font parfois les somnambules. Aussi on ne perd pas son temps à réfuter de telles paroles ; on les signale et on

passe, comptant sur l'intelligence du lecteur pour
en faire justice.

Comme supplément au texte de l'Apôtre, nous
allons rapporter ici un passage du prophète Daniel
que tous les interprètes catholiques appliquent à
l'Antéchrist, — sans cependant nous attarder à prouver qu'il s'agit bien ici de ce personnage, parce que
nous n'avons aucune donnée bien essentielle à en
retirer.

Voici donc comment s'exprime Daniel [1] :

« Il y aura un roi qui fera tout ce qu'il lui plaira
(c'est assurément beaucoup dire, car jamais mo-
narque n'a eu pareille satisfaction); il s'élèvera et
se glorifiera contre tout dieu; il se vantera magni-
fiquement contre le Dieu des dieux (voilà des données bien conformes à celles de saint Paul : Il
s'élèvera au-dessus de tout ce qui est appelé Dieu;
il se posera en ennemi de tout ce qui est adoré); et
il réussira jusqu'à ce que la colère soit accomplie;
car un terme a été fixé (il n'en est pas moins que
cela fait pressentir de terribles tribulations pour
les chrétiens de ce temps-là). Il méprisera le Dieu
de ses pères (naturellement); il sera plongé dans la
passion des femmes (c'est encore plus naturel);
et il n'aura souci de quelque dieu que ce soit, parce
qu'il s'élèvera contre toutes choses (après ce qui a
été dit, il fallait s'y attendre). Son Dieu sera la
Force, qu'il honorera en son lieu (c'est bien là le
dieu de tous les athées, de Bismarck et de beaucoup

1. Dan., xi, 36.

d'autres) ; et, à ce dieu ignoré de ses pères, il lui rendra son culte avec l'or, l'argent, les pierres précieuses et tout ce qu'il y a de plus beau (quelle dévotion ! c'est touchant jusqu'aux larmes). Et il fortifiera ses citadelles avec ce dieu étranger reconnu par lui (elles auront réellement une force surnaturelle, parce qu'elles seront soutenues par les épaules du démon, qui pourrait écraser en un instant l'univers entier si Dieu ne l'en empêchait). Et il multipliera la gloire (celle des conquérants, qui est plutôt une honte en général, aux yeux de la foi, de la justice et de la raison) ; et il donnera pouvoir sur un grand nombre, et il partagera la terre selon son bon plaisir » (il donnera des trônes à ses parents et à ses généraux bien plus encore que ne le fit Napoléon Ier, car celui-ci a été loin de pouvoir *réaliser tout ce qu'il aurait voulu*).

Mais nous nous garderons d'insister sur ce texte, de peur que quelque Bergier vînt nous chercher querelle et ne réussît à nous faire perdre le temps de le réfuter. Nous préférons de beaucoup aborder tout de suite le magnifique portrait de l'Antéchrist et de son règne que nous présente certainement le chapitre xiii de l'Apocalypse, dont voici le texte en entier :

« Et je vis une bête montant de la mer, ayant sept têtes et dix cornes, dix diadèmes sur ses cornes, et, sur ses têtes, des noms de blasphème. Et la bête que je vis était semblable à un léopard : ses pieds étaient comme les pieds d'un ours, et sa bouche comme la bouche d'un lion. *Et le dragon lui donna sa force et sa grande puissance.*

« Et je vis une de ses têtes comme blessée à mort; *mais cette plaie mortelle fut guérie. Aussi toute la terre émerveillée suivit la bête. Ils adorèrent le dragon qui avait donné sa puissance à la bête, et ils adorèrent la bête en disant : Qui est semblable à la bête, et qui pourra combattre contre elle ?*

« Et il lui fut donné une bouche qui proférait des paroles d'orgueil et des blasphèmes; et le pouvoir d'agir pendant quarante-deux mois lui fut aussi donné. Elle ouvrit sa bouche à des blasphèmes contre Dieu, pour blasphémer son nom et son tabernacle, et ceux qui habitent dans le ciel. *Il lui fut donné de faire la guerre aux saints et de les vaincre; et il lui fut donné puissance sur toute tribu, sur tout peuple, sur toute langue et sur toute nation. Et ils l'adorèrent tous ceux qui habitent la terre,* dont les noms ne sont pas écrits dans le livre de vie de l'Agneau, qui a été immolé dès l'origine du monde. Si quelqu'un a des oreilles, qu'il entende. Celui qui aura mené en captivité sera captif; celui qui aura tué par le glaive, il faut qu'il soit tué par le glaive. C'est ici la patience et la foi des saints.

« Je vis une autre bête montant de la terre; elle avait deux cornes semblables à celles de l'Agneau, et elle parlait comme le dragon. Elle exerçait toute la puissance de la première bête en sa présence, et elle fit que la terre et ceux qui l'habitent adorèrent la première bête, dont la plaie mortelle avait été guérie. *Elle fit de grands prodiges, jusqu'à faire descendre le feu du ciel sur la terre en présence des hommes. Et elle séduisit ceux qui habitaient sur la terre par les prodiges qu'elle eut le pouvoir de faire* en présence de la bête, disant aux habitants de la terre de faire une image à la bête qui a reçu une blessure du glaive et qui a conservé la vie.

« Il lui fut même donné *d'animer l'image de la bête, de faire parler l'image de la bête*, et DE FAIRE QUE TOUS CEUX QUI N'ADORERAIENT PAS L'IMAGE DE LA BÊTE SERAIENT TUÉS. Elle fit encore que les petits et les grands, les riches et les pauvres, les hommes libres et les esclaves aient tous le caractère de la bête en leur main droite et sur leur front, et que personne ne puisse acheter ni vendre, que celui qui aura le caractère, ou le nom de la bête, ou le nombre de son nom. C'est ici la sagesse. Que celui qui a de l'intelligence compte le nombre de la bête ; car c'est le nombre d'un homme, et son nombre est six cent soixante-six. »

Nous en sommes vraiment désolé pour Bergier, qui en doute sans dire pourquoi ; mais il est absolument certain que cette première bête, cette bête adorée n'est autre que l'Antéchrist. Tel est d'abord le sentiment général des Pères et des commentateurs, au témoignage de Cornélius : « *Est communis sententia Irenæi, Tertulliani, Victorini, Hippolyti, Ephrem, Prudentii, Gregorii, Prosperi. Sic et interpretes fere omnes hic, puta Ambrosius, Andreas, Methodius, Aretas, Haymo, Rupertus, Albertus,*

Thomas, Pannonius, Gugneius, Seraphinus, Ribera,
QUIN ET HÆRETICI PASSIM. »

Si Bergier, qui n'est pas même un scripturiste, a
cru contrebalancer par la simple expression d'un
doute l'autorité de tous ces hommes doublement
compétents, en raison de leurs travaux sur les
Livres saints en général et sur cette question en
particulier, si Bergier, disons-nous, a cru cela,
cela ne prouve qu'une chose, c'est qu'il n'a jamais
étudié la question d'une manière un peu sérieuse.

Et en effet, il suffit d'examiner attentivement le
texte précité de l'Apocalypse pour se convaincre
qu'il s'agit bien ici du plus grand ennemi de Jésus-
Christ, par cette raison bien simple qu'il ne peut
pas y en avoir de plus grand que lui.

Et d'abord, cette première bête doit posséder le
plus de puissance possible, puisqu'elle doit régner
« sur toute tribu, sur tout peuple, sur toute langue
et sur toute nation », et puis, qu'elle doit hériter
« de toute la force et de tout le pouvoir du dragon »,
c'est-à-dire de Satan. Il est certain en effet que
l'Apocalypse désigne bien par le mot *dragon* le chef
des esprits infernaux, car elle dit elle-même, au
chapitre xx : « Et je vis un ange qui descendait du
ciel, ayant la clef de l'abîme et une grande chaîne
en sa main. *Et il prit le dragon, l'ancien serpent,
qui est le diable et Satan.* »

En second lieu, cette même bête doit infliger à
Jésus-Christ tout le mal qui est possible, en se
faisant adorer de presque tout le genre humain et

en exterminant à peu près tous les chrétiens fidèles,
c'est-à-dire en parvenant à une destruction moralement complète de l'Eglise.

Les masses seront tellement impies à cette époque
qu'en général on adorera ce génie infernal d'une
manière spontanée, par une admiration enthou-
siaste de sa puissance surhumaine : « Et je vis une
de ses têtes blessée à mort ; mais cette plaie mortelle fut guérie. *Aussi toute la terre émerveillée suivit la bête.* Ils adorèrent le dragon qui avait donné
puissance à la bête, et ils adorèrent la bête en
disant : « Qui est semblable à la bête, et qui pourra
combattre contre elle ? » Pour des hommes ne
croyant plus au Dieu du ciel, ce sera le véritable
Etre suprême et le *Dieu positif.* L'abandon de la foi
chrétienne conduit nécessairement au *positivisme,*
soit théorique, soit pratique. « Or, dit M. Bénard
dans le Dictionnaire Desobry (Lettres, art. Positivisme), ce système, où l'on professe l'athéisme,
a cependant aussi sa religion et son culte : le culte
de l'humanité. Mais l'humanité étant un être ab-
strait, la collection de tous les individus de l'espèce
humaine dans le passé, le présent et l'avenir, au
culte de l'humanité on substitue celui des grands
hommes qui la représentent. » Les funérailles de
l'athée Victor Hugo faites par des athées, dans un
temple volé tout exprès au culte catholique, ont été
un des premiers essais de ce culte. Sous l'Antéchrist, il y aura sous ce rapport beaucoup de perfectionnements.

Et en effet, ce culte spontané, sans cérémonie, sans pontife et sans apôtre, sera loin de lui suffire. Il y aura une *autre bête* que l'Apocalypse appelle aussi un *faux prophète* [1], et voici quel sera son rôle.

Elle aura d'abord toutes les apparences de la sainteté et ressemblera à Jésus-Christ, autant qu'un démon puisse revêtir les formes extérieures de l'Homme-Dieu : « Je vis une autre bête montant de la terre ; *elle avait deux cornes semblables à celles de l'Agneau.* » Mais ce monstre d'hypocrisie aura toute la puissance du démon et de l'Antéchrist ; il parlera leur langage, et il sera pour le nouveau culte un apôtre et un ministre comme la terre n'a jamais vu le pareil. C'est lui qui fera, comme le dit saint Paul, « toute sorte de miracles, de signes et de prodiges menteurs, et toute séduction d'iniquité. » C'est surtout de ce suppôt de Satan et de ce lieutenant de l'Antéchrist que parle le divin Maître quand il dit : « *Il s'élèvera de faux Christs et de faux prophètes ; et ils feront de grands signes et des prodiges, en sorte que soient induits en erreur (s'il se peut faire) même les élus. Voilà que je vous l'ai prédit* [2]. »

Quels seront ces prodiges, qui seraient capables de séduire même les prédestinés, si c'était possible ? L'Apocalypse nous en signale quelques-uns en nous disant : « Elle fit de grands prodiges, jusqu'à faire descendre le feu du ciel sur la terre en présence des

1. Apoc., xix, 20.
2. Matth., xxiv, 24,

hommes. Il lui fut même donné d'animer l'image de la bête (sans doute de la faire marcher sans la moindre impulsion matérielle : *image* est pris ici pour *statue*), de faire parler l'image de la bête... »

Pour des hommes ne croyant ni à Dieu ni à diable, — et tels seront les contemporains de l'Antéchrist qui ne seront pas chrétiens, parce que le comble de l'art pour le démon c'est de se faire adorer indirectement tout en se faisant nier directement, — pour de tels hommes, disons-nous, ce seront des prodiges tellement inouïs qu'ils deviendront fous d'admiration, qu'ils porteront l'Antéchrist en triomphe et qu'ils l'adoreront avec une ferveur des plus profondes. L'apostolat du faux prophète sera extrêmement fécond, car il fera que la terre et ceux qui l'habitent adorent la première bête dont la plaie mortelle aura été guérie ; et il séduira ceux qui habiteront la terre, par les prodiges qu'il aura le pouvoir de faire en présence de la bête, disant aux habitants de la terre de faire une image à la bête qui a reçu une blessure du glaive, et qui a conservé la vie. »

Cependant, quoique l'immense généralité des hommes doivent se prostituer dans le culte infâme de l'Antéchrist, il y aura des exceptions ; car il y aura encore alors de vrais chrétiens et d'excellents catholiques. Quel sera leur sort ? Le martyre : il sera impossible d'y échapper. Voici en effet le moyen perfectionné (car on ne sera pas pour rien à une époque de progrès) qui sera mis en œuvre dans tous les pays de l'univers pour que tout chrétien doive nécessairement choisir entre l'apostasie et la mort. Personne ne pourra paraître en public sans faire une profession évidente et continuelle d'adorer l'Antéchrist; il est très probable cependant que, selon l'habitude des révolutionnaires, on criera plus que jamais : Liberté ! Egalité ! Fraternité ! surtout : Liberté des cultes et liberté de conscience !

Mais, trève de réflexions ! Voici le texte de saint Jean :

« Il lui fut donné (à la seconde bête) *de faire que tous ceux qui n'adoreraient pas l'image de la bête seraient tués.* Elle fera encore que les petits et les grands, les riches et les pauvres, les hommes libres et les esclaves, *aient tous le caractère de la bête en leur main droite et sur leur front ; et que personne ne puisse acheter ni vendre, que celui qui aura le caractère, ou le nom de la bête, ou le nombre de son nom.* » Il est évident que ce caractère ou ce nom, ou ce nombre, tout cela sera un signe manifeste d'adoration pour l'Antéchrist. Aussi il nous semble très probable que ce nombre de six cent soixante-six sera formé de trois lettres, qui auront cette valeur en faisant fonction de chiffres dans la langue de l'Antéchrist et qui seront les initiales de son nom jointes à l'initiale du mot Dieu, par exemple : *Alexandre Cinq Dieu.*

Or il ne sera pas facile de vivre en se cachant, car Jésus-Christ annonce qu'il y aura beaucoup de traîtres : « Vous serez livrés par vos pères et vos

mères, par vos frères, vos parents, et vos amis [1]. »
Aussi « la tribulation sera grande alors ; elle sera
telle qu'il n'y en a point eu depuis le commencement
du monde jusqu'à présent, et qu'il n'y en aura point ;
et si ces jours n'eussent été abrégés, nulle chair ne
serait sauvée [2]. » Comprend-on par là cette renaissance catholique, qui donne tant d'espoir aux optimistes comme si elle était générale, ou devait nécessairement le devenir ? C'est que Dieu a besoin de se
préparer des disciples *encore plus solidement trem-
pés que les premiers chrétiens*, par l'esprit de foi,
l'amour de Dieu, la communion quotidienne, la
charité, le détachement de ce monde et l'habitude
d'endurer la persécution ; sans cela il n'y aurait
que des défaillances, et l'Eglise périrait réellement
à cette terrible époque, parce que la tribulation,
l'épreuve et la souffrance doivent être beaucoup
plus grandes que jamais.

Jésus-Christ donne à entendre que les Juifs convertis et rentrés en Palestine seront tout particulièrement victimes de cette épouvantable persécution, car voici ce qu'il dit en saint Matthieu [3] : « Quand
donc vous verrez l'abomination de la désolation
prédite par le prophète Daniel régnant dans le lieu
saint (que celui qui lit entende), alors que ceux qui
sont dans la Judée fuient sur les montagnes ; et que
celui qui sera sur le toit ne descende pas pour em-

1. Luc., XXI, 15.
2. Matth., XXIV, 21.
3. Matth., XXIX, 15.

porter quelque chose de sa maison ; et que celui qui sera dans les champs ne revienne pas pour prendre sa tunique. Mais malheur aux femmes enceintes et à celles qui nourriront en ces jours-là ! Priez donc que votre fuite n'arrive pas en hiver, ni un jour de sabbat. »

Le prophète Daniel prédit bien l'abomination de la désolation pour le lieu saint, et cela à propos de l'Antéchrist dont nous lui avons emprunté le portrait. Mais il ne l'explique qu'à demi, en disant que ce grand criminel fera cesser le saint sacrifice dans le temple et par conséquent en public. C'est en cela que consistera proprement la *désolation* des églises. Quant à l'abomination, elle viendra s'y ajouter lorsque, selon la prophétie de saint Paul et celle de l'Apocalypse, l'Antéchrist ira s'asseoir en personne sur les autels pour y recevoir les adorations de la foule, comme la prostituée de quatre-vingt-treize qui figurait la déesse Raison à Notre-Dame de Paris.

A ce propos, nous ferons remarquer en passant qu'il y a une analogie parfaite entre tous les caractères de la Révolution et ceux de l'Antéchrist. Tout ce que nous voyons se réaliser en grand dans cet ennemi gigantesque du christianisme s'est plus ou moins ébauché depuis 89 jusqu'à nos jours au nom de la Révolution. On connaît le mot de M. de Maistre : « La Révolution française est satanique. » Le P. Félix a dit aussi : « La Révolution, c'est Satan dans l'humanité », et Pie IX s'est ainsi exprimé au même sujet : « La Révolution est inspirée par Satan lui-même. Son but est de détruire de fond en comble l'édifice du christianisme et de constituer sur ses ruines l'ordre social du paganisme. » Mgr de Ségur, dans son opuscule sur la Révolution, intitule son dernier chapitre de cette manière : *Une redoutable et très possible solution de la question révolutionnaire*, et il continue ainsi :

« Un certain nombre de catholiques, parmi lesquels plusieurs évêques et docteurs fort éminents en science et en sainteté, ont la conviction profonde... que la grande révolte, qui brise depuis trois siècles toutes les traditions et les institutions chrétiennes, *aboutira au règne de l'Antéchrist.* De même que le christianisme tout entier se résume en la personne de son Chef divin, notre Sauveur, de même l'antichristianisme tout entier (dont la Révolution n'est que la forme moderne), avec ses révoltes, ses attentats, ses sacrilèges de tout genre, se résumera en ces temps-là dans la personne d'un homme, tout rempli de l'inspiration et de la rage de Satan ; cet homme sera l'Antéchrist. Ce sera *une sorte* d'incarnation de Satan, et l'effort suprême de la révolte du démon contre Dieu. »

Nous sommes parfaitement de l'avis de tous ces hommes d'autorité, et nous sommes bien convaincu que le règne de l'Antéchrist ne sera que le triomphe universel et complet de la Révolution, triomphe qui se prépare de plus en plus en tout et partout depuis un siècle.

Dira-t-on maintenant qu'il paraît bien difficile

qu'un souverain quelconque parvienne, selon l'expression de l'Apocalypse, « à avoir puissance sur toute tribu, sur tout peuple, sur toute langue et sur toute nation ? »

S'il en est ainsi, nous répondrons que tous les grands esprits politiques de l'Europe redoutent au contraire depuis longtemps cette domination universelle de la part d'une race bien déterminée, et que la fameuse *question d'Orient* n'est rien autre chose que l'effet de cette crainte.

Les Russes d'abord sont parfaitement persuadés que, selon le testament politique de Pierre le Grand, « ils sont appelés à la domination générale de l'Europe » (et par conséquent du monde). Ce grand homme leur a dit : « Approcher le plus possible de Constantinople et des Indes : celui qui y régnera sera le souverain du monde. » C'est une conséquence qui est admise de tous les hommes éclairés, et voilà pourquoi la Russie travaille sans cesse depuis deux siècles à atteindre ce double but, et pourquoi aussi toute l'Europe verse depuis longtemps des flots d'encre diplomatique et puis des flots de sang afin de l'en éloigner. Mais qui réussit en dernière analyse ? C'est toujours la Russie, parce qu'elle est imprenable chez elle à cause de l'immensité de son territoire et de ses cent millions d'habitants appartenant tous à une race à la fois jeune et unique.

Cette puissance formidable avance souvent et en Europe et en Asie, mais elle ne recule jamais, au moins autant qu'elle a avancé. Or plus nous allons, plus elle se fortifie de toutes manières et plus il devient difficile de lui résister. Elle serait déjà maîtresse de Constantinople, s'il ne s'était pas rencontré un Bismarck pour l'arrêter. Mais les Bismarck ne sont pas éternels, et un jour ou l'autre les puissances occidentales auront nécessairement entre elles quelque guerre qui les empêchera de se liguer ensemble pour aller sauver une dixième fois la Turquie. Ce jour-là, l'heure de la Russie aura sonné; elle tombera comme un ouragan sur Constantinople, et tout le monde sait très bien que quand elle s'y trouvera il ne sera au pouvoir de personne de l'en chasser. Eh bien ! supposez qu'une puissance si formidable, par sa masse et par la nouvelle position sans pareille qu'elle aura conquise, vienne à être maniée par un souverain *qui ait tout le génie du démon,* comme l'aura sans aucun doute l'Antéchrist. Nous laissons deviner au lecteur quel sera alors le sort de l'Europe et de tous les Etats de l'univers.

Mais voici une prophétie fameuse de Daniel que nous tenons à livrer aux réflexions des esprits sérieux à propos de la question qui nous occupe... et de quelques autres :

« Dans une vision que j'ai eue pendant la nuit, il me semblait que les quatre vents du ciel se combattaient l'un l'autre sur une grande mer, et que quatre grandes bêtes fort différentes montaient de la mer. La première était comme une lionne et

elle avait des ailes d'aigle ; et, comme je la regardais, ses ailes lui furent arrachées, elle fut enlevée
du sol, elle se tint sur ses pieds comme un homme,
et il lui fut donné un cœur d'homme.

« Après cela parut à côté une bête qui ressem-
blait à un ours : elle avait trois rangs de dents dans
la gueule ; et on lui disait : Lève-toi et mange beaucoup de chair. Comme je regardais encore, j'en vis
une autre qui était comme un léopard ; et elle avait
au-dessus de soi quatre ailes comme les ailes d'un
oiseau ; cette bête avait quatre têtes, et la puissance lui fut donnée.

« Je regardais ensuite dans cette vision que
j'avais pendant la nuit, et je vis paraître une quatrième bête, qui était extraordinairement forte :
elle avait de grandes dents de fer, et elle dévorait,
mettait en pièces, et foulait aux pieds ce qui restait : elle était fort différente des autres bêtes que
j'avais vues avant elle, et elle avait dix cornes. Ces
quatre grandes bêtes sont quatre royaumes, qui
s'élèveront de la terre. Quant à la quatrième bête,
c'est le quatrième royaume qui dominera sur la
terre ; il sera plus grand que tous les autres
royaumes ; il dévorera toute la terre, il la foulera
aux pieds et la réduira en poudre [1]. »

C'est de ce quatrième empire que doit sortir
d'après la suite de la prophétie « une petite corne »
douée de tant de puissance et de méchanceté que

1. Daniel, vii.

tous les interprètes de l'Écriture ont reconnu en
elle la personne de l'Antéchrist. Tant que l'empire
romain a existé, c'est lui qu'on a considéré comme
devant donner naissance à ce grand ennemi de
Dieu et *par conséquent* comme la quatrième bête
de la prophétie de Daniel. « L'Antéchrist sortira de
l'empire romain, dit Cornélius (en ajoutant que tel
est le sentiment commun des docteurs, et, *à ce qu'il
semble*, la tradition apostolique). Cet empire durera
donc jusqu'à son avènement et sera renversé par
lui. »

Il y a déjà longtemps que l'empire romain, *même
purement nominal*, a cessé d'exister, et cependant
l'Antéchrist n'a pas encore paru. Donc ce n'est pas
cet empire qui est le quatrième de la prophétie
de Daniel, puisque celui-ci doit donner naissance
au grand ennemi de Jésus-Christ. Donc les trois
précédents de la même prophétie ne sont pas davantage les trois grands royaumes qui ont paru avant
la domination romaine, c'est-à-dire ceux de Babylone, de Perse et de Macédoine; car il est évident
que les quatre empires prédits par Daniel sont les
quatre termes d'une seule et unique série, qu'ils
sont en relation de nature et de date à la fois, et que
tous sont l'objet de la description du prophète à
cause précisément du terme qu'ils préparent et
auquel ils aboutissent, c'est-à-dire à cause du règne
de l'Antéchrist.

Il est vrai que les commentateurs anciens de
l'Écriture ne pouvaient guère interpréter cette

célèbre prophétie autrement qu'ils ne l'ont fait, parce qu'ils étaient obligés par état de donner une explication quelconque et qu'ils ne pouvaient pas en découvrir de meilleure. Mais il nous semble que les choses ont bien changé et que l'interprétation véritable s'impose à nous, autant que la fausse était inévitable pour nos devanciers.

Voici d'ailleurs comment l'Apocalypse supplée à la prédiction de Daniel pour la peinture de la quatrième bête, c'est-à-dire de l'empire de l'Antéchrist.

« Et je vis une bête montant de la mer, ayant sept têtes et dix cornes (comme la dernière bête de Daniel), dix diadèmes sur ses cornes, et sur ses têtes des noms de blasphème. Et la bête que je vis était semblable à un léopard : ses pieds étaient comme les pieds d'un ours, et sa bouche comme la bouche d'un lion [1]. »

Quelle admirable précision ! Il y a dans l'histoire contemporaine *quatre grandes puissances ennemies de l'Eglise ;* pas une de plus, pas une de moins ! Ce sont, par ordre de prépondérance passée ou future : la France révolutionnaire, l'Allemagne pròtestante et persécutrice de Bismarck, l'Angleterre protestante aussi et la Russie schismatique.

Eh bien ! c'est précisément la première puissance de Daniel qui est une *lionne* (férocité de la Révolution et son courage pour défier tous les ennemis

1. Apoc., XII, 17.

coalisés) ; une lionne *ayant des ailes d'aigle* (éléva-tion, génie et célérité foudroyante de Napoléon Ier); une lionne enfin qui est enlevée de terre et changée en homme par le seul fait qu'on lui arrache ses ailes (la France n'a plus rien de terrible ni d'hé-roïque dès qu'on lui arrache Napoléon, et son esprit révolutionnaire se transforme tout à coup de férocité sanguinaire en philanthropie saint-simo-nienne).

La seconde puissance du prophète est un *ours* (il faut être éminemment prophète pour posséder une telle précision en dessinant la Prusse plusieurs milliers d'années avant son existence); un ours qui s'élève à côté ou sur le côté de la lionne (Alsace-Lorraine); un ours qui a trois rangs de dents dans la gueule (trois armées de 540 mille hommes cha-cune : l'armée active, la *landsturm* ou réserve, la *landwher* ou armée mixte ; avec un million et demi de dents on peut broyer bien des choses); un ours enfin à qui l'on dit : « Lève-toi, et rassasie-toi de carnage » (c'est ce qu'a fait la Russie en 1870, pour se venger de la guerre de Crimée, sans prévoir combien il lui en coûterait au *traité de Berlin*).

Nous laissons le lecteur voir de lui-même l'Angle-terre à travers le léopard, son emblème officiel, et la Russie — ours par nature comme la Prusse, mais lion et léopard grâce à son imitation de l'An-gleterre et surtout de la France — à travers l'animal composite formé des trois précédents.

CHAPITRE III

PREMIERS ÉCHECS DE L'ANTÉCHRIST

D'après ce que l'on vient de voir sur la rigueur et le caractère universel de la persécution de l'Antéchrist, les martyrs de cette époque ne peuvent qu'être bien nombreux; l'Apocalypse nous dit en propres termes qu'ils seront innombrables [1].

« Et j'entendis le nombre de ceux qui avaient été marqués du sceau : cent quarante-quatre mille de toutes les tribus des enfants d'Israël; de la tribu de Juda, douze mille marqués du sceau; de la tribu..., etc.

« Après cela, *je vis une grande troupe que personne ne pouvait compter,* de toutes les nations, de toutes les tribus, de tous les peuples et de toutes les langues, qui étaient debout devant le trône et devant l'Agneau, revêtus de robes blanches; et *des palmes étaient en leurs mains...* Alors un des vieillards prit la parole et me dit : Ceux-ci qui sont revêtus de robes blanches, qui sont-ils? et d'où

1. Apoc., VII.

viennent-ils ? Je lui répondis : Mon Seigneur, vous le savez. Et il me dit : *Ce sont ceux qui sont venus de la grande tribulation, et qui ont lavé et blanchi leurs robes dans le sang de l'Agneau.* »

Ce sont bien là des martyrs, puisqu'ils ont la palme à la main; et ce sont aussi des martyrs de l'Antéchrist, puisqu'ils doivent provenir de la *grande tribulation*, c'est-à-dire de la plus grande persécution qui doive exister. C'est là du reste ce qui est parfaitement reconnu par les meilleurs commentateurs de l'Ecriture; et ceux-ci font remarquer à juste titre que le nombre précis de cent quarante-quatre mille appliqué aux victimes des douze tribus d'Israël doit se prendre dans un sens figuré, c'est-à-dire pour un nombre indéfini.

Mais quel sera l'effet de tant de sang répandu ? Il sera immense et vraiment incomparable, parce que ce sera ce sang innocent qui, joint à celui de Jésus-Christ et à celui de tous les martyrs exterminés depuis la naissance du Fils de Dieu, comblera la mesure de celui qu'il aura fallu, selon les mystérieux décrets de la Providence, pour changer entièrement la face de l'univers. Saint Paul a dit : « Je complète sur mon corps ce qui manque à la passion de Jésus-Christ; « *adimpleo ea quæ desunt passionum Christi in carne mea.* » C'est qu'en effet chaque chrétien est obligé de souffrir quelque chose en union avec le divin Sauveur, pour pouvoir profiter de ses mérites et entrer avec lui dans le repos et la gloire de l'éternité. Selon le mot de saint

Augustin, « Dieu a bien pu nous créer sans nous,
mais il ne peut pas nous sauver sans nous. »

Mais ce qui est vrai de chaque membre de l'Eglise
en particulier ne l'est pas moins de toute l'Eglise en
général. Jésus-Christ veut que son Epouse soit
infiniment heureuse et triomphante, non seulement
dans le ciel et durant l'éternité, mais encore dans
ce monde et dans le cours des siècles. D'ailleurs, la
cause de l'Epoux et celle de l'Epouse n'en font
qu'une seule, et le Fils de Dieu entend jouir de la
gloire ineffable qu'il a méritée et dans le ciel et sur
la terre. Or si Lui a tant souffert pour acquérir le
droit d'être partout adoré et servi fidèlement, il est
bien juste qu'Elle aussi ne parvienne à l'honneur
qu'en passant par la tribulation et les épreuves de
toute sorte. C'est cette *Passion* nécessaire que
l'Eglise subit depuis sa naissance, et c'est elle
qu'elle supportera de plus en plus jusqu'à ce que
l'Antéchrist ait enfin comblé la mesure de ses
douleurs en faisant dans tout l'univers une telle
multitude de martyrs que personne ne puisse la
compter.

Mais, à partir de ce moment, il s'accomplira une
Révolution sans pareille et dans le ciel, et sur la
terre, et dans les enfers. C'est là ce qui va nous
être révélé par des passages admirables du livre
sublime de l'Apocalypse.

Voici en effet ce que nous lisons au chapitre XII :

« Et un autre prodige fut vu dans le ciel : un
grand dragon roux, ayant sept têtes et dix cornes

et sur ses sept têtes sept diadèmes. Or sa queue entraînait la troisième partie des étoiles, et elle les jeta sur la terre... Alors il se fit un grand combat dans le ciel : Michel et ses anges combattaient contre de dragon, et le dragon combattait, et ses anges aussi ; *mais ils ne prévalurent pas ; aussi leur place ne se trouva plus dans le ciel.* Et ce grand dragon, qui s'appelle le Diable et Satan, et qui séduit tout l'univers, fut précipité sur la terre, et ses anges furent jetés avec lui.

« Et j'entendis une voix forte dans le ciel, disant : *C'est maintenant qu'est accompli le salut de notre Dieu et sa puissance et son règne, et la puissance de son Christ,* parce qu'il a été précipité l'accusateur de nos frères, qui les accusait devant notre Dieu jour et nuit : *Et eux l'ont vaincu par le sang de l'Agneau et par la parole de leur témoignage ;* et ils ont méprisé leur vie jusqu'à souffrir la mort. C'est pourquoi, cieux, réjouissez-vous, et vous qui y habitez. Malheur à la terre et à la mer, parce que le diable est descendu vers vous, plein d'une grande colère, sachant qu'il n'a que peu de temps. »

Ce combat fameux entre les anges et les démons est souvent rapporté au commencement du monde, et à la création de ces purs esprits, immédiatement suivie de l'épreuve qui devait décider de leur sort éternel. Mais il est tout à fait évident que c'est là simplement un sens accommodatice, c'est-à-dire une signification purement prêtée au texte reproduit. Quant au sens littéral ou proprement dit, il est à coup sûr bien différent de celui-là. Et en effet cette défaite des démons *a pour cause* le sang versé par l'Agneau et par tous les martyrs de l'Église, et pour *résultat* la domination et le règne de Dieu et de son Christ. Il est donc bien certain qu'elle ne peut avoir lieu qu'après la mort du divin Sauveur et d'un assez grand nombre de chrétiens.

Mais ce qui ressort en outre de ce texte, c'est que le combat dont il s'agit entre Satan et saint Michel doit avoir lieu sous l'Antéchrist, parce que le prince des démons se trouve décrit ici en tant que protecteur de l'Antéchrist. En effet l'Apocalypse dit : « Un autre prodige fut vu dans le ciel; *un* grand dragon roux, *ayant sept têtes et dix cornes, et sur ces sept têtes sept diadèmes.* » Or voici le commencement du chapitre suivant : « Et je vis une bête montant de la mer, *ayant sept têtes et dix cornes, dix diadèmes sur ses cornes, et sur ses têtes, des noms de blasphème.* Et la bête que je vis était semblable à un léopard : ses pieds étaient comme les pieds d'un ours, et sa bouche comme la bouche d'un lion. Et *le* dragon lui donna sa force et sa grande puissance. »

Dans le premier de ces deux passages, l'Apocalypse a soin de dire *un* dragon, parce que c'est la première fois qu'elle le mentionne; mais dans le second elle ne dit plus *un*, elle emploie l'article déterminatif *le*, ce qui prouve évidemment qu'il s'agit du dragon dont on vient de parler. Par conséquent il y a parfaite identité entre le dragon vaincu par saint Michel et celui qui donne à l'empire de l'Antéchrist « sa force et sa grande puissance. » D'ailleurs, il y a quelque chose qui le prouve peut-être encore mieux, c'est que Satan est représenté précisément *avec les sept têtes, les sept diadèmes et les dix cornes*, qui sont les traits caractéristiques de l'empire de l'Antéchrist.

C'est donc une chose bien certaine : la défaite subie d'après ce texte par Lucifer doit avoir lieu du temps du grand ennemi de Jésus-Christ. Du reste, nous voyons au chapitre XII de Daniel, à la suite du portrait de l'Antéchrist que nous avons cité plus haut, une intervention victorieuse de saint Michel, qui a d'immenses conséquences pour le salut du genre humain, et qui ne peut pas être différente de celle de l'Apocalypse : « Il (l'Antéchrist) dressera ses tentes à Apadno entre les mers sur la montagne célèbre et sainte; il montera jusqu'au haut de cette montagne et personne ne viendra à son secours (la ville de Jérusalem sera mise à feu et à sang). *Mais en ce temps-là s'élèvera Michel, grand prince, qui est le protecteur des enfants de ton peuple, et il viendra un temps tel qu'il n'y en aura point eu de semblable depuis l'origine des peuples jusqu'alors; et ce temps-là sera un temps de salut* pour ton peuple et pour tous ceux qui se trouveront écrits dans le livre de vie... Et depuis le temps que le sacrifice perpétuel sera aboli, *et que l'abomination de la désolation aura été établie*, il se passera mille deux cent quatre-vingt-dix jours. »

Quelle admirable concordance entre ces trois prophéties de l'Evangile, de Daniel et de l'Apocalypse ! Quelle identité de promesses d'un bonheur inouï pour l'Eglise et d'une gloire incomparable pour Jésus-Christ !

Daniel énonce brièvement les succès impies de l'Antéchrist et l'abomination de la désolation mise par lui dans le lieu saint. Mais ensuite il fait intervenir saint Michel, le grand protecteur de l'Eglise, le grand vainqueur de Satan; et il annonce *qu'à partir de ce moment-là il viendra un temps de salut tel qu'il n'y en aura point eu de semblable depuis l'origine des peuples jusqu'alors !* Jésus-Christ prédit aussi que, quand on verra dans le lieu saint l'abomination de la désolation mentionnée par le prophète Daniel, on pourra lever la tête sous l'impression de l'espérance et de l'allégresse, *parce qu'on sera alors à la veille de la rédemption du genre humain et du règne de Dieu.* Saint Jean nous montre à son tour le protecteur de l'Antéchrist vaincu dans un grand combat par le défenseur céleste de l'Eglise, et il voit ensuite une immense réjouissance dans le ciel où se trouvent en ce moment tous les amis de l'Eglise martyrisés, parce que c'est à partir de cette époque que Dieu va enfin se montrer puissant et qu'on va pouvoir dire en toute vérité : « Le Christ est vainqueur, il règne et il commande; « *Christus vincit, regnat et imperat.* » C'est qu'en effet, dans la personne de Satan, ce sera l'Antéchrist d'abord qui sera vaincu virtuellement;

et ce sera ensuite et par-dessus tout le grand ennemi séculaire de l'Eglise, l'antichristianisme de tous les temps, de tous les pays et de toutes les formes ; ce sera le *Monde* en un mot, de quelque nom qu'on l'appelle, soit paganisme, soit islamisme, soit hérésie, soit révolution, soit incrédulité.

Oui, vous pouvez bien vous réjouir, vous tous qui êtes maintenant dans le ciel et qui êtes embrasés d'amour pour Dieu et pour l'Eglise ; car l'ère de leur puissance, de leur gloire et de leur bonheur est enfin arrivée et elle durera bien des siècles. Mais malheur à vous, Antéchrist, malheur à vous tous qui êtes encore sur la terre, parce que vous avez préféré adorer Satan que Jésus-Christ, et martyriser qu'être martyrs. Le moment est venu où votre puissant protecteur et votre dieu, ne pouvant plus exercer sa rage contre l'Eglise, va la tourner tout entière contre vous ; et il sera d'autant plus terrible que le dépit de sa défaite sera plus violent et qu'il aura moins de temps pour se venger : « Malheur à la terre et à la mer, parce que le diable est descendu vers vous, plein d'une grande colère, sachant qu'il n'a que peu de temps. »

C'est au chapitre suivant que nous verrons les redoutables effets de cette colère en étudiant les sept fléaux dont seront frappés l'Antéchrist et ses partisans. Mais d'ores et déjà l'Apocalypse nous présente un double contre-coup de la défaite du dragon, dans les deux échecs subis par son protégé au sujet de l'essence de l'Eglise et des deux grands prophètes Hénoch et Elie.

Voici en effet ce que nous lisons au même chapitre XII : « Et un grand prodige parut dans le ciel : une femme revêtue du soleil, ayant la lune sous ses pieds, et sur sa tête une couronne de douze étoiles. Elle était enceinte et elle criait, se sentant en travail, et elle était tourmentée des douleurs de l'enfantement. Et un autre prodige fut vu dans le ciel : un grand dragon roux, ayant sept têtes et dix cornes, et sur ses sept têtes, sept diadèmes. Or sa queue entraînait la troisième partie des étoiles, et elle les jeta sur la terre ; et le dragon s'arrêta devant la femme qui allait enfanter, afin de dévorer son fils aussitôt qu'elle serait délivrée. Elle enfanta un enfant mâle qui devait gouverner toutes les nations avec une verge de fer ; et son fils fut enlevé vers Dieu et vers son trône. Et la femme s'enfuit dans le désert où elle avait un lieu préparé par Dieu, pour y être nourrie mille deux cent soixante jours. »

Le commencement de cette description est souvent appliqué à la sainte Vierge, mais il ne peut l'être que dans un sens accommodatice, parce qu'il est impossible d'appliquer à la Mère de Dieu tout ce qui est dit dans ce chapitre de la femme dont il s'agit. D'ailleurs, il serait ridicule de croire que saint Jean veut parler ici d'une femme ordinaire, et personne ne le prétend. On s'accorde à reconnaître que l'Eglise, et l'Eglise seule, réalise parfaitement tout ce que raconte l'Apocalypse, et qu'elle est en conséquence le véritable objet de cette prophétie.

Et en effet, c'est bien Jésus-Christ qui est le soleil du monde spirituel, et ce n'est pas moins la sainte Vierge qui en est le second astre empruntant toute sa lumière au premier. Or, l'Eglise est revêtue de Notre-Seigneur Jésus-Christ à plus forte raison que chaque chrétien en particulier (*induimini Dominum nostrum Jesum Christum*, dit saint Paul), et elle est tout particulièrement soutenue par la Mère de Dieu qui mérite le titre d'*Auxilium christianorum*. D'ailleurs, elle a bien la tête couronnée de douze étoiles, puisque les douze apôtres ses fondateurs brillent dans le ciel autant et plus que des étoiles. L'Eglise est toujours aussi dans le travail de l'enfantement, car elle donne sans cesse naissance à de nouveaux chrétiens, et elle souffre d'autant plus pour cela que les temps sont plus difficiles pour la religion. Vers le règne de l'Antéchrist en particulier, elle doit mettre au monde, par la conversion du peuple juif, un enfant d'une virilité et d'un courage à toute épreuve, un enfant que l'on pourra rompre, mais non pas faire plier, et qui, après son martyre, ira dans le ciel partager avec Jésus-Christ le gouvernement des nations. Ainsi, le dragon ne réussira pas à dévorer cet enfant mâle, et la mère lui échappera en s'enfuyant dans le désert.

Cette mère, qui constitue l'essence même de

l'Eglise et qui est susceptible de se sauver par la fuite, ne peut être évidemment que la papauté. Or, voici ce que l'Apocalypse nous apprend à la suite du texte précité : « *Après que le dragon eut vu qu'il avait été précipité sur la terre* (il s'agit donc bien ici d'une suite de sa grande défaite au temps de l'Antéchrist); il poursuivit la femme qui avait enfanté l'enfant mâle. Mais les deux ailes du grand aigle furent données à la femme, afin qu'elle s'envolât dans le désert en son lieu, où elle est nourrie un temps et des temps et la moitié d'un temps, hors de la présence du serpent. Alors le serpent vomit de sa bouche, derrière la femme, de l'eau comme un fleuve, pour la faire entraîner par le fleuve. Mais la terre aida la femme ; elle ouvrit son sein, et elle engloutit le fleuve que le dragon avait vomi de sa bouche. Et le dragon s'irrita contre la femme, et il alla faire la guerre à ses autres enfants, qui gardent les commandements de Dieu, et qui ont le témoignage de Jésus-Christ. »

On peut expliquer ce passage en disant que l'Antéchrist, en tant que ministre de Satan, fera poursuivre par une armée le Souverain-Pontife en fuite vers le désert, et qu'avant d'atteindre le chef de l'Eglise cette armée sera ensevelie par quelque ouragan de sable, comme l'ont été des multitudes entières dans l'antiquité. Mais ce qui résulte sûrement de ce texte, c'est que l'Antéchrist pourra tout détruire dans l'Eglise, excepté la papauté qui en est l'essence, afin qu'il soit toujours vrai, même sous son règne, que « les portes de l'enfer sont impuissantes à prévaloir contre elle » ; et ce qui en ressort en second lieu, c'est que cet échec particulier de l'Antéchrist doit être le premier contre-coup de la défaite de Satan dans le ciel.

Mais ce premier insuccès coïncidera avec un autre non moins grave, que l'Apocalypse fait ainsi connaître au chapitre XI :

« Et je donnerai à mes deux témoins de prophétiser pendant mille deux cent soixante jours, revêtus de sacs. Ce sont les deux oliviers et les deux chandeliers dressés devant le Seigneur de la terre. *Et si quelqu'un veut leur nuire, il sortira de leur bouche un feu qui dévorera leurs ennemis;* et si quelqu'un veut les offenser, c'est ainsi qu'il doit être tué. *Ils ont le pouvoir de fermer le ciel pour qu'il ne pleuve point durant les jours de leur prophétie, et ils ont pouvoir sur les eaux pour les changer en sang, et pour frapper la terre de toute sorte de plaies, toutes les fois qu'ils voudront.* Et quand ils auront achevé leur témoignage, *la bête qui monte de l'abîme* leur fera la guerre, les vaincra et les tuera.

« Et leurs corps seront gisants sur la place de la grande cité, qui est appelée allégoriquement Sodome et Egypte, où même leur Seigneur a été crucifié. Et des hommes de toutes les tribus, de tous les peuples, de toutes les langues et de toutes les nations, verront leurs corps étendus trois jours et demi, et ils ne permettront pas qu'ils soient mis

dans un tombeau. Les habitants de la terre se réjouiront à leur sujet ; ils feront des fêtes, et ils s'enverront des présents les uns aux autres, parce que
ces deux prophètes tourmentaient ceux qui habitaient sur la terre. Mais après trois jours et demi,
un esprit de vie venant de Dieu entra en eux. Et
ils se relevèrent sur leurs pieds, et une grande
crainte saisit ceux qui les virent. Alors ils en-
tendirent une voix forte du ciel, qui leur dit :
Montez ici. Et ils montèrent au ciel dans une nuée,
et leurs ennemis les virent. »

Il faut d'abord remarquer qu'il s'agit bien ici
de deux prophètes contemporains de l'Antéchrist,
puisqu'ils doivent être tués « *par la bête qui monte
de l'abîme* » et que cette expression-là est la première dont se sert l'Apocalypse au chapitre XIII
pour faire la description de ce grand ennemi de
Jésus-Christ.

Il est également très probable que ces hommes
de Dieu n'apparaissent qu'au moment où l'Antéchrist est arrivé à l'apogée de ses crimes et de ses
succès, c'est-à-dire à l'époque où il n'y a plus de
chrétiens à martyriser, parce que le Pape a été
sauvé par la fuite et que tout le reste de l'Eglise
a été déjà égorgé. Et en effet ils n'ont pas pour
mission d'engager qui que ce soit à la persévérance ;
c'est pour prêcher le repentir qu'ils sont venus,
puisqu'ils apparaissent revêtus de sacs, symbole
de la pénitence chez les anciens. Or, ils doivent
s'adresser à des pécheurs bien endurcis et posséder

des pouvoirs bien miraculeux : car « ils ont la
faculté de fermer le ciel pour qu'il ne pleuve point
durant les jours de leur prophétie, et ils ont
pouvoir sur les eaux pour les changer en sang,
et pour frapper la terre de toute sorte de plaies,
toutes les fois qu'ils voudront » ; et malgré cela
nous ne voyons pas dans ce récit de leurs travaux
qu'ils aient obtenu de leur vivant la moindre conversion. Au contraire, l'Apocalypse nous dira plus
loin qu'à chaque nouveau fléau envoyé par les prophètes en exécution de leurs menaces les hommes
ne feront que redoubler de blasphèmes ; et elle
nous montre dans le chapitre précité qu'on fera
tout ce qu'on pourra pour les mettre à mort, que
l'Antéchrist lui-même engagera contre eux une
véritable guerre d'extermination, mais que pendant
trois ans et demi ils seront absolument invincibles :
« si quelqu'un veut leur nuire, il sortira de leur
bouche un feu qui dévorera leurs ennemis ; et si
quelqu'un veut les offenser, c'est ainsi qu'il doit
être tué. »

Et maintenant, quels peuvent être ces hommes si
extraordinaires qui, pendant trois ans et demi, con-
centreront sur eux seuls toute la haine de l'Antéchrist et du genre humain et feront cependant échec
à toute leur puissance ? Les interprètes de l'Ecriture
répondent unanimement : Hénoch et Elie. « La
venue d'Hénoch et d'Elie, dit Bossuet dans son
Explication de l'Apocalypse, n'est guère moins
célèbre parmi les Pères que l'arrivée de l'Antéchrist.

Ces deux Saints n'ont pas été transportés pour rien du milieu des hommes si extraordinairement en corps et en âme. Leur course ne paraît pas achevée, et on doit croire que Dieu les réserve à quelque grand ouvrage. La tradition des Juifs, aussi bien que celle des chrétiens, les fait revenir à la fin des siècles » (ou plutôt *du siècle,* selon l'expression de l'Evangile qui a un sens bien différent).

Cette tradition est évidemment fondée sur les textes suivants de l'Ecriture : « Hénoch plut à Dieu ; et il fut transféré dans le paradis (dans une sorte de paradis terrestre), *pour faire entrer les nations dans la pénitence* [1] » ; — « voilà que je vous enverrai Elie de Thesba, avant que le grand et épouvantable jour du Seigneur arrive (celui de son intervention contre l'Antéchrist). Et il réunira le cœur des pères avec leurs enfants et le cœur des enfants avec leurs pères, de peur que, en venant, je frappe la terre d'anathème [2]. »

Ce texte prouve bien que la prédication des deux prophètes sera loin d'être absolument infructueuse ; c'est qu'en effet si elle n'opère pas de conversions directes et immédiates, elle les préparera du moins pour l'avenir, et il suffira que les hommes les voient ressusciter trois jours après leur mort, comme Jésus-Christ, pour qu'un grand nombre finissent par « rendre gloire au Dieu du ciel. » Voici en effet ce que nous lisons à la suite du passage précité :

1. Eccli., XLIV, 16.
2. Malach., IV, 5.

« Ils montèrent au ciel dans une nuée, et leurs ennemis les virent. A cette même heure, il se fit un grand tremblement de terre; la dixième partie de la ville tomba, et sept mille hommes périrent dans le tremblement de terre; les autres furent pris de frayeur et rendirent gloire au Dieu du ciel. »

Mais quels tourments ils auront dû infliger à l'Antéchrist et à ses adorateurs pour que leur mort paraisse une grande délivrance du genre humain, pour qu'on ne puisse se rassasier de voir leurs cadavres inertes et pour qu'on s'envoie de partout présents et félicitations en signe de réjouissance sans pareille ! « Leurs corps seront gisants sur la place de la grande cité, qui est appelée allégoriquement Sodome et Egypte, où leur Seigneur a été aussi crucifié. Et des hommes de toutes les tribus, de tous les peuples, de toutes les langues et de toutes les nations, verront leurs corps étendus trois jours et demi, et *ils ne permettront pas qu'ils soient mis dans un tombeau* (tant ils auront de plaisir à les voir morts). Les habitants de la terre se réjouiront à leur sujet ; ils feront des fêtes, et s'enverront des présents les uns aux autres parce que ces deux prophètes tourmentaient ceux qui habitaient sur la terre. »

C'est ce que nous allons expliquer facilement, en étudiant les sept fléaux épouvantables dont les deux prophètes auront frappé, soit successivement, soit d'une manière simultanée, pendant trois ans et demi, les bourreaux de tant de légions de martyrs, c'est-à-dire l'Antéchrist et tous ses partisans. Ces fléaux seront une digne préface de la terrible intervention personnelle de Notre-Seigneur Jésus-Christ qui servira de dénouement au plus grand drame dont le monde puisse jamais être témoin.

CHAPITRE IV

Voici le commencement du chapitre xvi de l'Apocalypse :

« Et j'entendis une voix forte du temple disant aux sept anges : Allez et répandez les sept coupes de la colère de Dieu sur la terre. Et le premier s'en alla, et il se fit une plaie cruelle et pernicieuse *sur les hommes qui avaient le caractère de la bête et ceux qui adoraient son image.* Le second ange répandit sa coupe sur la mer, et elle devint comme le sang d'un mort ; et toute âme vivante mourut dans la mer. Le troisième ange répandit sa coupe sur les fleuves et sur les sources des eaux, et elles devinrent du sang. Et j'entendis l'ange des eaux disant : Vous êtes juste, Seigneur, qui êtes et qui avez été ; vous êtes saint, vous qui avez jugé ainsi. *Parce qu'ils ont répandu le sang des saints et des prophètes, vous leur avez donné aussi du sang à boire ;* car ils en sont dignes. Et j'en entendis un autre de l'autel qui disait : Oui, Seigneur, Dieu tout-puissant, ils sont vrais et justes, vos jugements.

« Le quatrième ange répandit sa coupe sur le soleil ; et il lui fut donné de tourmenter les hommes par l'ardeur du feu. Et les hommes furent brûlés d'une chaleur dévorante, et *ils blasphémèrent* le nom de Dieu qui a pouvoir sur ces plaies, *et ils ne firent point pénitence* pour lui donner gloire.

« Le cinquième ange répandit sa coupe *sur le trône de la bête* et son royaume devint ténébreux, et les hommes mordirent leurs langues dans l'excès de leur douleur ; et ils blasphémèrent le Dieu du ciel à cause de leurs douleurs et de leurs plaies, et ils ne firent point pénitence de leurs œuvres. »

On voit bien que, du premier jusqu'au dernier, tous ces fléaux doivent s'abattre sur *la bête et ses adorateurs*, c'est-à-dire sur l'Antéchrist et ses partisans, à la suite de la grande persécution contre l'Eglise ; car *Dieu leur donnera du sang à boire*, « parce qu'ils auront répandu le sang des saints et des prophètes. » Mais avant d'entrer dans l'explication de ces grands châtiments, nous avons besoin de mettre sous les yeux du lecteur un autre passage de l'Apocalypse qui est un simple complément du précédent.

Voici en effet ce que nous lisons au chapitre VIII : « Le premier ange sonna de la trompette ; il se forma une grêle et un feu mêlés de sang ; ce fut lancé sur la terre, et la troisième partie de la terre et des arbres fut brûlée, et toute herbe verte fut consumée. Le second ange sonna de la trompette, et comme une grande montagne tout en feu fut lancée dans la mer, et la troisième partie de la mer devint du sang. Et la troisième partie des créatures qui avaient leur vie dans la mer mourut, et la troisième partie des navires périt. Le troisième ange sonna de la trompette, et une grande étoile ardente comme un flambeau tomba du ciel sur la troisième partie des fleuves et sur les sources des eaux. Le nom de l'étoile est Absinthe; et la troisième partie des eaux devint de l'absinthe; et beaucoup d'hommes moururent des eaux, parce qu'elles étaient devenues amères. Le quatrième ange sonna de la trompette, et la troisième partie du soleil fut frappée, et la troisième partie de la lune et la troisième partie des étoiles; de sorte que leur troisième partie fut obscurcie, et que le jour perdit la troisième partie de sa lumière, et la nuit pareillement. »

On peut rapporter au texte précédent ce passage du chapitre VI de l'Apocalypse : « Et je regardai lorsqu'il ouvrit le sixième sceau; et voilà qu'un grand tremblement de terre se fit; le soleil devint noir comme un sac de poils, et la lune tout entière devint comme du sang. Et les étoiles tombèrent du ciel sur la terre, comme un figuier laisse tomber ses figues vertes, quand il est agité par un grand vent. Le ciel se replia comme un livre roulé, et toutes les montagnes et les îles furent ébranlées de leur place. »

Le lecteur voudra bien nous pardonner de lui rappeler encore les deux textes suivants de l'Évangile : « Aussitôt après la tribulation de ces jours (c'est-à-dire la persécution de l'Antéchrist); le soleil s'obscurcira et la lune ne donnera plus sa lumière; les étoiles tomberont du ciel et les vertus des cieux seront ébranlées [1]. — Jérusalem sera foulée aux pieds par les gentils, jusqu'à ce que les temps des nations soient accomplis. Et il y aura des signes dans le soleil, dans la lune et dans les étoiles; et sur la terre la détresse des nations à cause du bruit confus de la mer et des flots; les hommes séchant de frayeur dans l'attente de ce qui doit arriver à l'univers; car les vertus des cieux seront ébranlées [2]. »

Nous allons laisser pour le moment les fléaux de la *plaie pernicieuse*, de la *chaleur dévorante* et des *tremblements de terre*, qui sont tout à fait distincts et indépendants des autres, et dont nous nous occuperons plus tard. Ces points-là mis à part, si nous faisons l'analyse des divers passages précités, voici ce que nous y trouvons : 1° une grêle et un feu mêlés de sang, la chute d'une montagne de feu, celle d'une grande étoile ardente comme un flambeau, celle enfin d'une multitude d'étoiles, toutes choses qui, le sang mis à part, se ressemblent beaucoup; 2° l'obscurcissement des astres; 3° la combustion d'une partie des plantes de la terre et des vaisseaux de la mer; 4° le changement en sang des diverses eaux du ciel, de la mer et de la terre; 5° un empoisonnement de l'eau en général, qui est mortel pour beaucoup d'hommes et d'animaux.

1. Matth., xxiv, 29.
2. Luc., xxi, 24.

Tout cela paraît tellement merveilleux qu'on est
d'abord tenté de crier à l'impossible, et les incrédules du dernier siècle n'ont pas manqué de le faire,
surtout à propos de la chute d'étoiles. Mais on
n'avait pas attendu jusqu'à eux pour savoir que les
étoiles proprement dites ne pouvaient pas tomber
sur la terre, car voici ce que dit Cornélius à Lapide,
en commentant le chapitre VI de l'Apocalypse :
« Où tomberaient de vraies étoiles, du *moment que
chaque étoile fixe visible pour nous dans le ciel est
plus grande que la terre entière ?* Il vaut donc
mieux, avec Ribera et Péreire, entendre par *étoiles*
des *comètes, des tonnerres, des feux tombant du ciel
et d'autres météores enflammés semblables à des
étoiles.* » Voilà une première explication qui est on
peut dire classique depuis bien des siècles, et qui
est parfaitement légitime puisque les savants eux-
mêmes emploient l'expression commune d'*étoiles
filantes* pour désigner de petits météores que tout le
monde sait être de simples apparences d'étoiles.

Il est vrai que même dans ce sens-là la chute de
corps célestes était autrefois niée par les savants;
mais depuis le commencement du siècle ils se sont
bien convertis sous ce rapport, et nous allons voir
l'Académie des sciences (dans la personne de
M. Daubrée, l'un de ses membres), ainsi que la
Revue des Deux-Mondes (dans sa livraison du 15
décembre 1885), nous offrir complaisamment toutes
les explications désirables au sujet des merveilles
annoncées par l'Evangile et l'Apocalypse. Voici en

effet ce que nous lisons à l'article *Météorites* de ladite Revue :

« *Malgré des témoignages nombreux et authentiques qui se succédèrent à bien des reprises pendant plus de vingt siècles, l'arrivée de corps célestes sur notre globe rencontrait encore, il y a cent ans, l'incrédulité des esprits les plus cultivés.* (Etonnez-vous ensuite que les esprits forts, qui se croient évidemment très cultivés, repoussent les vrais miracles malgré les témoignages les plus nombreux et les plus authentiques !) Etait-il permis d'admettre des accidents brusques dans les orbites normales des astres, comparables à ce que nous connaissons aujourd'hui sous le nom de déraillements ? des perturbations s'annonçant tout à coup par un bruit formidable, au milieu des mouvements silencieux d'un si merveilleux mécanisme ? *Dans l'impossibilité de comprendre ces anomalies apparentes, on trouvait plus simple d'en nier la réalité.* »

Quelle précieuse confession de la part d'un savant et de la *Revue des Deux-Mondes !* Voilà donc comment on procède dans le camp de l'incrédulité : le christianisme renferme des points invraisemblables et des mystères impossibles à comprendre ! on trouve plus simple d'en nier la divinité et on la nie. Ainsi fait-on pour éviter la pratique de la religion, qui est bien plus difficile que la foi : on nie, on nie toujours; c'est si *simple*, surtout quand on peut s'abriter derrière une réputation de savant ! Mais reprenons notre citation et l'on verra comme la science d'aujourd'hui est libérale en fait de corps célestes envoyés à la terre. Après les avoir entièrement niés, on les donne comme l'objet d'une *phénomène journalier*.

« Si on part du chiffre normal de trois chutes, moyenne de ce qui a été observé en Europe, on arrive pour toute la surface du globe à un total de cent quatre-vingts par an. Mais comme elles doivent rester souvent inaperçues, en portant ce nombre au triple seulement, ce qui fait environ six cents, on reste certainement beaucoup au-dessous de la réalité. C'est donc un phénomène journalier. »

Il va sans dire que la science a trouvé une explication pour ces faits autrefois impossibles pour elle : autrement... ce serait tant pis pour le *phénomène journalier*; il n'aurait pas le droit d'exister et il n'existerait pas... excepté pour ceux qui ne seraient pas savants. Voici donc quelle est l'origine de ces masses embrasées qu'on appelle *bolides* et plus souvent *météorites* :

« Outre les planètes comprises en très grand nombre entre Mars et Jupiter, il paraît y avoir, comme l'avait déjà supposé Chadni, une multitude de petits corps ou astéroïdes, dont les orbites s'enchevêtreraient entre elles et avec celles des grosses planètes, de manière à rencontrer de temps à autre ces dernières. Ces astéroïdes, trop peu volumineux pour être visibles dans les espaces interplanétaires, nous resteraient à jamais inconnus sans leurs invasions dans notre atmosphère. *Ils semblent être des débris et comme la monnaie d'une seule et même planète, qui aurait été rompue peut-être par une explosion...* Le fer météorique de Charcas, au Mexique, pesait 780 kil. Des blocs de fer trouvés au Brésil en atteignaient 25.000... *Quand il s'agit de débris d'astres, on ne saurait s'empêcher d'être surpris de dimensions aussi insignifiantes, même quand on considère, non seulement les météorites isolés, mais le total de ce qu'on recueille à la suite des chutes les plus volumineuses. Comment ne s'en trouve-t-il pas de comparables à l'une de nos montagnes ou pour le moins à l'une de nos collines ?* »

Patience, Monsieur Daubrée ! Tout vient à point à qui sait attendre. Faites en sorte de vivre jusqu'au temps de l'Antéchrist, et vous aurez la consolation de voir... si vous n'êtes pas trop loin, « *comme une grande montagne tout en feu lancée dans la mer, et puis une grande étoile ardente comme un flambleau* » s'abattant sur les fleuves de la terre. Bien plus, le ciel éprouvera alors quelque chose comme la danse de Saint-Guy, ou, si vous voulez, il y aura des *déraillements* dans lesquels ces pauvres astéroïdes qui se trouvent errants et vagabonds entre Mars et Jupiter seront si bien secoués par les gros astres qu'ils s'abattront sur la terre en une véritable pluie. Ils tomberont comme les figues d'un figuier de Palestine quand elles sont à la fois brûlées et fortement secouées par le simoun du désert. Ce sera un spectacle bien palpitant d'intérêt pour

les astronomes de ce temps-là, que de voir « lès vertus des cieux entièrement ébranlées » et une chute
de bolides vraiment digne de représenter « des
débris d'astres. » Il est vrai que tout cela ne sera
pas sans inconvénient pour les contemporains...
mais on sait bien qu'il n'y a pas de plaisir sans mé-
lange, et on s'en console à l'avance.

Mais laissons de nouveau la parole à M. Daubrée,
et il nous expliquera l'apparence stellaire et l'incandescence que présentent tous ces corps célestes
en arrivant sur notre planète :

« D'abord apparaît un *globe de feu* ou bolide,
dont l'éclat est assez vif pour illuminer toute
l'atmosphère, lorsqu'il survient la nuit, et, s'il
arrive le jour, pour être visible en plein midi...
L'incandescence résulte de la vitesse extrêmement
grande avec laquelle le bolide pénètre dans l'atmosphère. Tandis qu'une locomotive parcourt 30 mètres à la seconde et un boulet de canon 500 mètres,
le bolide en franchit 30.000 à 60.000. Une telle
vitesse est tout à fait du même ordre que celle des
planètes lancées dans leurs orbites. L'air ainsi re-
foulé développe une quantité de chaleur énorme,
non par le frottement, mais par une compression
subite, comme dans l'expérience bien connue du
briquet à air qui allume l'amadou. Entourée de gaz
incandescents, la masse solide devient elle-même
incandescente. »

Parlons maintenant de l'obscurcissement du ciel
et de la combustion des plantes et des vaisseaux

qui doivent arriver à la suite de cette grande averse de bolides :

« Après la détonation de ces corps, *il se forme souvent des nuages d'un aspect particulier*, tels qu'on en vit lors de la chute de Laigle, d'après le récit de Biot... A en juger par la persistance de la fumée et par l'espace qu'elle occupe dans le ciel, *on doit conclure que les bolides fournissent à notre atmosphère des quantités très considérables de poussières métalliques et pierreuses...* En novembre 1819, les environs de Montréal et la partie septentrionale des Etats-Unis *reçurent une pluie noire accompagnée d'un obscurcissement extraordinaire du ciel;* des lueurs des plus brillantes paraissaient çà et là, et on entendait des détonations comparables à celles de pièces d'artillerie... On ne peut douter que les étoiles filantes, quelle que soit leur ténuité, ne nous apportent aussi des substances pondérables très divisées. Le fait en outre est confirmé par la formation, lors de la pluie extraordinaire du 27 novembre 1865, d'une couche de vapeurs qui ne laissait voir que les étoiles des trois premières grandeurs... Les bolides contiennent du fer métallique, du cuivre, du nickel, du soufre, du phosphore, quelquefois du charbon : ces corps, après avoir contribué par leur combustion dans l'air à la chaleur et à l'éclat éblouissant qui ne font jamais défaut, ont aussi une part dans la production du nuage qui ne tarde pas à se montrer. »

Si des chutes peu importantes de corps célestes

produisent un certain obscurcissement du ciel par le moyen des poussières qu'elles y laissent en le traversant, il est bien facile de comprendre qu'une pluie de bolides aussi extraordinaire que celle du temps de l'Antéchrist devra nécessairement réaliser ces prédictions de l'Écriture : « Le soleil s'obscurcira et la lune ne donnera plus sa lumière ; le ciel se repliera comme un livre roulé. » D'un autre côté, lorsque des matières aussi combustibles que le soufre, le phosphore et le carbone s'abattront sur les plantes et les corps inflammables de la terre dans un état complet d'incandescence, il est évident qu'il en résultera de bien nombreux incendies, surtout pour les forêts et les moissons.

Mais parlons maintenant de l'empoisonnement des diverses eaux du ciel, de la mer et de la terre, de leur extrême amertume et de leur changement en sang, c'est-à-dire en quelque chose de semblable à du sang (car il est à peine utile de faire remarquer qu'il s'agit ici d'une simple apparence, comme pour les étoiles dont on annonce la chute). Pour nous rendre compte de ces divers phénomènes, il suffit de nous rappeler que les météorites sont composés de différents métaux comme le fer, le cuivre, le plomb, etc., et que le cuivre en s'oxydant par son passage à travers l'atmosphère doit nécessairement produire tous ces résultats. Voici en effet ce que nous lisons dans le *Dictionnaire des sciences* de Focillon, à l'article Cuivre :

« Protoxyde de cuivre. Formé par l'union de deux

proportions de cuivre avec une proportion d'oxy-
gène. On le rencontre dans la nature, tantôt en
masses compactes, tantôt en cristaux *rouges* octa-
édriques réguliers. Préparé artificiellement, il a
l'aspect d'une poudre cristalline d'un *rouge foncé...*
On en fait un assez grand usage pour colorer les
verres et cristaux d'une belle *teinte rouge de sang...*
A l'état métallique, le cuivre ne possède aucune
propriété délétère, mais il n'en est pas de même
lorsqu'il est passé à l'état d'oxyde ou de sel so-
luble ; il acquiert alors des propriétés délétères qui
rendent dangereux l'usage des vases de cuivre;
l'humidité suffit pour recouvrir le cuivre d'une
couche d'un oxyde insoluble qui peut devenir dangereux. (Voir la dissertation de Drouard intitulée :
*Expériences et observations sur l'empoisonnement
par l'oxyde de cuivre* (vert de gris). Les sels à base
de protoxyde de cuivre sont très vénéneux. Tous les
sels solubles de bioxyde de cuivre sont également
très vénéneux. »

Il faut remarquer aussi que tous les composés
cuivreux sont d'une amertume tout à fait exceptionnelle, qui rappelle bien et surpasse même celle de
l'absinthe. Il n'y a donc aucun mystère ni même
aucune invraisemblance dans ces paroles de l'Apocalypse : « Comme une grande montagne tout en
feu fut lancée dans la mer; et la troisième partie
de la mer devint du sang. Et la troisième partie des
créatures qui avaient leur vie dans la mer mourut,
et la troisième partie des navires périt. Le troisième

ange sonna de la trompette, et une grande étoile
ardente comme un flambeau tomba du ciel sur une
grande partie des fleuves et sur les sources des
eaux. Le nom de l'étoile est *Absinthe*; or la *troisième partie des eaux devint de l'absinthe*; et beaucoup d'hommes moururent des eaux, parce qu'elles
étaient devenues amères. » Tout cela s'explique
parfaitement par la combinaison des oxydes et des
sels de cuivre avec l'eau dont ils sont plus ou moins
avides; et, comme les nuages en retiendront aussi
leur part dans la chute des bolides, on comprend
très bien cette expression de l'Apocalypse : « Le
soleil devint noir comme un sac de poils, et la lune
tout entière devint comme du sang. »

Quelle sera la cause efficiente de cette pluie universelle de corps célestes semblables à des étoiles
qui produira de si terribles effets sous les formes
les plus différentes?

Ce sera certainement à la voix d'Hénoch et d'Élie
que tous ces fléaux s'abattront sur l'Antéchrist et
ses adorateurs, car nous avons vu l'Apocalypse dire
à leur sujet : « Ils ont le pouvoir de fermer le ciel
pour qu'il ne pleuve point durant les jours de leur
prophétie, et ils *ont pouvoir sur les eaux pour les
changer en sang*, et pour frapper la terre de toutes
sortes de plaies, toutes les fois qu'ils voudront. »
Mais si les prophètes doivent les annoncer à l'avance
et en ordonner la réalisation quand le moment sera
venu, ce seront assurément les démons qui en seront les exécuteurs. Et en effet la théologie nous

apprend qu'ils jouent le rôle de bourreaux dans le gouvernement général de l'univers, et nous voyons en outre dans l'Apocalypse qu'après la défaite de Satan dans le ciel *la terre et la mer* doivent trembler de crainte « parce que le diable descendra vers l'une et l'autre, plein d'une grande colère, sachant qu'il n'a que peu de temps... » D'ailleurs le même livre dit à propos du même événement : « Sa queue (celle du dragon vaincu) entraînait la troisième partie des étoiles, et elle les jeta sur la terre. » Dans le sens accommodatice on a supposé qu'il s'agissait ici de la troisième partie des anges changés en démons par la révolte du commencement du monde, mais l'étude du contexte prouve bien que ces étoiles entraînées sont de vrais corps célestes, c'est-à-dire les nombreux météorites dont la chute engendrera tant de fléaux sur l'empire de l'Antéchrist.

Les divers châtiments que nous venons d'exposer sont les trois premiers qui doivent avoir lieu : nous disons *les trois*, parce que l'Apocalypse les compte de la sorte, un pour le ciel ou obscurcissement des astres, un autre pour la terre ou altération des eaux de source et des eaux fluviales, et un troisième pour la mer ou empoisonnement de ses flots.

La quatrième plaie n'a aucun besoin d'explication, car elle consistera dans une chaleur terrible procurée sans aucun doute par une sécheresse intense et prolongée. Et en effet, l'Apocalypse dit d'un autre côté : « Le quatrième ange répandit sa coupe sur le soleil; et il lui fut donné de tourmenter les hommes par l'ardeur du feu. Et les hommes furent brûlés d'une chaleur dévorante. » Or, d'un autre côté, il est dit d'Hénoch et Elie : « Ils ont le pouvoir de fermer le ciel pour qu'il ne pleuve point durant les jours de leur prophétie. » Il est évident qu'il y a un rapport de causalité entre cette sécheresse et la chaleur brûlante qui est annoncée.

Mais ces quatre fléaux ne seront guère que le commencement des douleurs; quelque grands qu'ils soient en eux-mêmes, ils seront encore peu de chose en comparaison des trois suivants. Voici en effet comment s'exprime l'Apocalypse à la fin du chapitre VIII et dans tout le suivant, après avoir raconté ce que nous venons de voir :

« Alors je regardai, et j'entendis la voix d'un aigle qui volait au milieu du ciel, disant d'une voix forte : Malheur, malheur, malheur aux habitants de la terre ! à cause des autres voix des trois anges qui allaient sonner de la trompette.

« Le cinquième ange sonna de la trompette, et je vis qu'une étoile était tombée du ciel sur la terre; et la clef du puits de l'abîme lui fut donnée. Et elle ouvrit le puits de l'abîme, et la fumée du puits monta comme la fumée d'une grande fournaise; et le soleil et l'air furent obscurcis par la fumée du puits. Et de la fumée du puits sortirent des sauterelles qui se répandirent sur la terre, et il leur fut donné une puissance comme la puissance qu'ont les scorpions de la terre. Il leur fut commandé de ne point nuire à l'herbe de la terre, ni à rien de vert, mais seulement aux hommes qui n'auraient pas le signe de Dieu sur le front. Et il leur fut donné non de les tuer mais de les tourmenter durant cinq mois; or la douleur qu'elles font souffrir est semblable à celle que cause un scorpion lorsqu'il pique l'homme. En ces jours-là les hommes chercheront la mort, et ils ne la trouveront pas, ils souhaiteront de mourir, et la mort s'enfuira d'eux.

« Or, ces *sauterelles apparentes* étaient semblables à des chevaux préparés au combat; et sur leurs têtes étaient comme des couronnes semblables à de l'or, et leurs faces étaient comme des faces d'homme. Et elles avaient des cheveux comme des cheveux de femme, et leurs dents étaient comme des dents de lion. Elles avaient des cuirasses comme des cuirasses de fer, et le bruit de leurs ailes était comme le bruit des chariots à beaucoup de chevaux, courant au combat; elles avaient des queues semblables à celles des scorpions, et à leurs queues étaient des aiguillons : or, leur pouvoir était de nuire aux hommes durant cinq mois. Elles avaient au-dessus d'elles, pour roi, l'ange de l'abîme, dont le nom en hébreu est Abaddon, en grec Apollyon, et qui s'appelle en latin l'Exterminateur.

« Le premier malheur est passé, et voici encore deux malheurs qui viennent après ceux-ci.

« Le sixième ange sonna de la trompette, et j'entendis une voix partant des quatre coins de l'autel d'or qui est devant Dieu; elle dit au sixième ange

qui avait la trompette : Délie les quatre anges qui
sont liés sur le grand fleuve de l'Euphrate. Et aussitôt furent déliés les quatre anges, qui étaient
prêts pour l'heure, le jour, le mois et l'année, où
ils devaient tuer la troisième partie des hommes. Et
le nombre de cette armée de cavalerie était de deux
cents millions ; car j'en entendis le nombre.

« Et les chevaux me parurent ainsi dans la vision. Ceux qui les montaient avaient des cuirasses
de feu, d'hyacinthe et de soufre ; et les têtes des
chevaux étaient comme des têtes de lion, et de leur
bouche sortaient du feu, de la fumée, du soufre. Et
par ces trois plaies, le feu, la fumée et le soufre,
qui sortaient de leurs bouches, la troisième partie
des hommes fut tuée. Car la puissance de ces chevaux est dans leurs bouches et dans leurs queues ;
parce que leurs queues sont semblables à des ser-
pents, et qu'elles ont des têtes dont elles blessent.
Et les autres hommes qui ne furent point tués par
ces plaies ne se repentirent pas des œuvres de leurs
mains, pour ne plus adorer les démons et les idoles
d'or, d'argent, d'airain, de pierre et de bois, qui ne
peuvent ni voir, ni entendre, ni marcher. Ainsi, ils
ne firent point pénitence ni de leurs meurtres, ni
de leurs empoisonnements, ni de leurs impudicités,
ni de leurs larcins. »

Voilà la page la plus étonnante que l'on puisse
trouver, non seulement dans l'Apocalypse, mais
dans tout le reste des Livres saints. A première
vue on croit vraiment se trouver en face d'énigmes

tout à fait impossibles à déchiffrer. Mais quand on
réfléchit sérieusement au ton général de l'Apocalypse et aux données spéciales de ce texte, on ne
tarde pas à s'expliquer ce qui se trouve voilé sous
des descriptions si fantastiques.

Remarquons d'abord qu'il s'agit dans le premier
fléau, non pas de sauterelles proprement dites,
mais de simples apparences de sauterelles : « Or,
ces *sauterelles apparentes* étaient semblables à des
chevaux préparés au combat. » Nous devons observer en outre que ces fausses sauterelles doivent
sortir « du puits de l'abîme » (expression qui désigne l'enfer dans le langage de l'Ecriture), et
qu'elles doivent être commandées par « l'ange de
l'abîme », c'est-à-dire par Satan. Ce serait donc
assez déjà pour en conclure qu'il s'agit en réalité
d'une troupe de démons chargés par Dieu de tourmenter des hommes criminels. Or, nous savons en
outre que les mauvais esprits sont en général destinés aux fonctions de bourreaux par la justice
divine, et que pour se venger de leur défaite dans
le ciel ils doivent accabler la terre de toute sorte de
malheurs. Il est donc vraiment certain que cette
nuée de fausses sauterelles est tout simplement une
nuée de démons dont *les formes apparentes sont
l'image des effets qu'ils doivent produire.*

Quant aux deux cents millions de combattants qui
présideront au second des grands fléaux, il est évident que ce ne seront pas des hommes, puisque
une armée de deux cents millions d'hommes est

d'une impossibilité vraiment matérielle ; et d'ailleurs, ce sont des guerriers purement figuratifs,
puisqu'ils portent des cuirasses de feu, d'hyacinthe
et de soufre, et leurs chevaux, dont toute la puissance est dans la bouche et dans la queue, ne pourront être que des fantômes. Or, cette armée se
trouve commandée par quatre anges qui étaient liés
sur le grand fleuve de l'Euphrate, c'est-à-dire par
quatre démons, — car ce ne sont pas les bons esprits
qui sont susceptibles d'être *enchaînés* quelque part.
Il est donc tout naturel de supposer que ces deux
cents millions de guerriers, ne pouvant être ni des
anges ni des hommes, seront de même nature que
leurs chefs, c'est-à-dire de purs esprits infernaux.

Parlons maintenant des deux fléaux que ces exécuteurs de la justice divine feront subir aux adorateurs de l'Antéchrist, et à l'Antéchrist lui-même
sans doute dans la mesure du possible.

Nous lisons dans le texte précité : « Il leur fut
commandé de ne point nuire à l'herbe de la terre,
ni à rien de vert, mais seulement aux hommes qui
n'auraient pas le signe de Dieu sur le front. Il leur
fut donné, non de les tuer, mais de les tourmenter
durant cinq mois ; or, la douleur qu'elles font souffrir est semblable à celle que cause un scorpion,
lorsqu'il pique l'homme. En ces jours-là les hommes
chercheront la mort, et ils ne la trouveront pas ; ils
souhaiteront de mourir, et la mort s'enfuira d'eux. »
Le châtiment dont il s'agit ici est sans nul doute
identique au premier que raconte en ces termes le

chapitre XVI de l'Apocalypse : « Il se fit une plaie cruelle et pernicieuse sur les hommes qui avaient le caractère de la bête et ceux qui adoraient son image. »

On voit par là quelle sera la nature, la durée et l'intensité du fléau, qui doit être bien supérieur aux quatre précédents. Il s'agit de douleurs pareilles à celles qui sont causées par la piqûre d'une bête venimeuse, comme, par exemple, le scorpion. C'est évidemment pour cela que, dans les deux descriptions des esprits infernaux présentées par saint Jean, ceux-ci apparaissent toujours comme des bêtes *mordant avec la force des lions* et *envenimant leurs morsures avec leur queue, comme les scorpions*. On sait en effet que la queue de ces derniers animaux se termine par un dard crochu qui sert à piquer et à déposer du venin dans la piqûre. Ambroise Paré a décrit ainsi les suites de cette atteinte redoutable : « Il survient une inflammation à la partie offensée, avec grande rougeur, tumeur et douleur. Le malade a une sueur et un frissonnement comme ceux qui ont la fièvre, et a une horripilation. — En général, dit le *Dictionnaire des Sciences* de Focillon, les scorpions sont d'autant plus dangereux qu'ils sont plus grands, plus âgés, plus irrités et sous un climat plus chaud ; mais il faut remarquer néanmoins que, chez l'homme, leur piqûre est rarement mortelle. »

C'est bien là ce que dit l'Apocalypse : « Il leur fut donné, non de les tuer, mais de les tourmenter pendant cinq mois » ; seulement ce seront des tortures pires que la mort, puisque, « en ces jours-là, les hommes chercheront la mort et ils ne la trouveront pas, ils souhaiteront de mourir et la mort s'enfuira d'eux. » Pour nous faire une idée de ces souffrances nous n'avons qu'à rappeler le supplice d'Antiochus et celui que le prophète Zacharie prédit aux ennemis de Jérusalem : « Voici la plaie dont le Seigneur frappera toutes les nations qui auront combattu contre Jérusalem. *Chacun d'eux pourrira tout vivant; chacun sentira ses yeux pourrir dans leur orbite, et sa langue dans son palais* [1]. — Il sortait des vers de son corps (de celui d'Antiochus) comme d'une source, de telle sorte que tout en vivant au sein de la douleur il voyait ses chairs tomber en lambeaux, et que l'armée elle-même ne pouvait en supporter la puanteur [2]. »

Pour enchérir sur une pareille plaie succédant à l'empoisonnement de toutes les eaux, à l'obscurcissement des astres et à une chaleur dévorante, il faudra de toute nécessité des fléaux d'une nature très meurtrière. Aussi ce sera là le caractère des deux derniers.

Nous avons déjà vu dans le texte cité plus haut que l'armée de cavalerie formée de deux cents millions de démons doit exterminer « la troisième partie des hommes », non pas à coups d'épée, mais par les armes « du feu et du soufre. » Il est très

1. Zach., XIV.
2. II Mach., IX, 9.

probable qu'il s'agit ici d'une nouvelle pluie de corps célestes où les matières combustibles, telles que le soufre et le phosphore, domineront de beaucoup sur toutes les autres, et, après avoir pris feu dans leur passage à travers l'atmosphère comme le font tous les bolides, étoufferont et brûleront à la façon de la foudre tous les êtres vivants qui en seront atteints.

Ainsi, les démons qui auront exécuté le fléau précédent en mordant les hommes comme des lions et en envenimant leurs morsures comme des scorpions qui piquent et empoisonnent par l'extrémité de la queue, les démons, disons-nous, procéderont à ce nouveau châtiment à la façon d'une armée de cavalerie, inattaquable en elle-même en tant que cuirassée de fer, de feu, d'hyacinthe et de soufre, mais extrêmement meurtrière pour ses ennemis à cause des torrents de flammes qu'elle lancera contre eux. Toute la difficulté qu'on éprouve d'abord à comprendre cette double description de saint Jean, c'est qu'il mêle à chacune d'entre elles les traits qui sont le propre de l'autre, c'est qu'il voit et veut nous faire voir aussi les cavaliers exterminateurs dans les scorpions venimeux et réciproquement.

Mais hâtons-nous d'arriver au terrible fléau qui sera le couronnement de tous ceux que nous venons de décrire, et qui précédera d'une manière immédiate l'intervention personnelle du Fils de Dieu.

Ce cataclysme final sera annoncé par un tel ébranlement du ciel, de la mer et de la terre que les hommes sécheront déjà de frayeur à son approche. Voici en effet ce que nous lisons dans l'Evangile de saint Luc [1] : « Il y aura des signes dans le soleil, dans la lune et dans les étoiles ; et *sur la terre, la détresse des nations, à cause du bruit confus de la mer et des flots ; les hommes séchant de frayeur dans l'attente de ce qui doit arriver à l'univers ; car les vertus des cieux seront ébranlées ;* et alors ils verront le Fils de l'homme venant dans une nuée, avec une grande puissance et une grande majesté. »

On sait que les tremblements de terre sont ordinairement précédés de bruits sourds, de roulements souterrains et de mouvements de la mer proportionnés à l'intensité de ces phénomènes dévastateurs. D'un autre côté, il n'y a guère de grands orages qui ne soient annoncés assez longtemps à l'avance par des éclairs et des coups de tonnerre vraiment effrayants. Or, voici comment l'Apocalypse décrit le septième fléau, qui sera double et ébranlera le ciel autant que la terre :

« Le septième ange sonna de la trompette... et il se fit des éclairs, des voix, un tremblement de terre et une grosse grêle [2]. — Le septième ange répandit sa coupe dans l'air, et il sortit du temple, du côté du trône, une voix forte, disant : C'est fait. Aussitôt il se fit des éclairs, des voix et des tonnerres, *et il se fit un grand tremblement de terre, tel qu'il n'y*

1. Luc., xxi, 25.
2. Apoc., xi, 15, 19.

*eut jamais, depuis que les hommes sont sur la terre,
un tremblement de terre pareil, aussi grand.* Et la
grande cité fut divisée en trois parties, et les villes
des nations tombèrent, et Dieu se souvint de la
grande Babylone (capitale de l'empire de l'Antéchrist, probablement Constantinople) pour lui
donner le calice du vin de sa colère. *Et toutes les
îles s'enfuirent, et l'on ne trouva plus les montagnes.
Et une grêle, grosse comme un talent, tomba du ciel
sur les hommes,* et les hommes blasphémèrent Dieu
à cause de la plaie de la grêle, parce que cette plaie
était extrêmement grande [1]. »

Comme le talent des Hébreux consistait dans une
trentaine de kilogrammes de cuivre et que ce métal
est dix fois plus dense que la glace, une grêle de la
grosseur de ce talent pèsera environ trois kilogrammes par grain. Or, une telle masse tombant
de la hauteur des nuages avec une vitesse acquise
tout à fait exceptionnelle écrasera nécessairement
tout animal et tout homme qui se trouvera exposé
à ses coups. Mais cette grêle coïncidera avec un
tremblement de terre sans pareil qui renversera les
villes et fera fuir en quelque sorte les îles et les
montagnes. Que deviendront alors les hommes qui
auront pu échapper aux fléaux précédents ? Ils
n'auront en général que le choix entre deux manières différentes d'être écrasés, car au dehors ils
le seront par la grêle, et au dedans par les ruines
de leurs maisons.

1. Apoc., xvi, 17-21.

Ce sera donc un cataclysme encore plus terrible que celui du déluge et une digne préface pour l'intervention vengeresse du Fils de Dieu. Cependant le fléau n'aura pas partout la même intensité ; car il y aura encore un grand nombre d'hommes qui survivront, et parmi eux se trouveront l'Antéchrist, son faux prophète et ses principaux partisans, réservés à périr par une action directe de Jésus-Christ lui-même, comme nous allons le voir dans un autre chapitre.

CHAPITRE V

FIN DE L'ANTÉCHRIST ET DE SON EMPIRE, GRACE
A L'INTERVENTION PERSONNELLE DU FILS DE
DIEU.

Nous avons déjà vu, dans saint Paul, de quelle
manière périra l'Antéchrist : « Et alors apparaîtra
cet impie que *le Seigneur Jésus tuera par le souffle
de sa bouche, et qu'il détruira par l'éclat de son
avènement* [1]. »

Il est impossible de trouver dans l'Ecriture aucun texte qui précise aussi bien le genre de mort
réservé à ce tyran infernal qui aura broyé tout
l'univers. Ces paroles semblent avoir servi de thème
à ces vers sublimes de Racine :

> Que peuvent contre Dieu tous les rois de la terre ?
> En vain ils s'uniraient pour lui faire la guerre ;
> Pour dissiper leur ligue, il *n'a qu'à se montrer*,
> *Il parle*, et dans la poudre il les fait tous rentrer...

Ainsi, pour anéantir en quelque sorte son plus
terrible adversaire, Jésus-Christ n'aura qu'à dire

1. II Thess., II, 8.

un mot, moins encore... à émettre un souffle, moins
encore... à se montrer. La vue seule du Fils de
Dieu suffira pour exterminer le conquérant sans
pareil qui aura fait trembler si longtemps le monde
entier. Cela nous rappelle ce magnifique passage
du dix-septième psaume de David qui semble avoir
été inspiré tout exprès pour peindre les grands événements dont nous parlons :

« *La terre s'est émue et s'est mise à trembler* ; les
fondements des montagnes ont été secoués et ébran-
lés, parce que le Seigneur s'est mis en colère contre
eux. A sa colère la fumée s'est élevée, le feu s'est
allumé, des charbons ardents se sont formés. (Voilà
la pluie de feu et le tremblement de terre qui la
suivra.) Il a abaissé les cieux, et *il est descendu*,
avec un nuage sombre sous les pieds. (Saint Paul
parle sans figure quand il montre l'Antéchrist
anéanti par *l'éclat de l'avènement du Fils de Dieu.*)
Il est monté sur les chérubins et il a pris son vol ;
il a volé sur les ailes des vents. Il s'est enveloppé
(tout d'abord) de ténèbres pour échapper à la vue,
et il s'est fait une tente dans les nuées de l'air avec
les vapeurs sombres qui l'entouraient. *Mais ensuite
les nuées se sont enfuies de devant sa majesté* (apparition bien terrible pour les hommes), et elles ont
fait place *aux éclairs, à la grêle* et aux charbons
de feu (fléau de la grêle).

« Oui, le Seigneur a tonné du ciel et le Très-Haut
a fait entendre sa voix, il a lancé la grêle et des
charbons de feu. Il a tiré ses flèches et il a dissipé

ses ennemis ; *il a multiplié les éclairs, et il les a terrifiés.* A vos menaces, Seigneur, et au souffle impétueux de votre colère, *les fondements de la terre se sont mis à découvert et les sources des eaux se sont montrées à l'homme.* »

On ne voit généralement dans ce psaume fameux qu'une description poétique des plus sublimes, mais en réalité c'est de l'histoire prophétique toute pure. Pour faire pendant à ce tableau incomparable de la manifestation divine qui doit détruire l'Antéchrist, nous croyons utile de citer encore la réception dans l'enfer d'un certain roi de Babylone où l'on reconnaîtra sans peine ce grand ennemi de Dieu, et qui est ainsi décrite par Isaïe [1] :

« A ton arrivée, tout l'enfer a été mis en émoi ; *il a fait lever les géants en ton honneur ; tous les princes de la terre et tous les rois des nations se sont levés de leurs trônes.* Tous s'adresseront à toi et te diront : Et toi aussi, tu as reçu ta blessure comme nous, tu es devenu semblable à nous ! On a précipité ton orgueil dans les enfers, on a fait tomber ton corps changé en cadavre : tu auras la pourriture pour couche, et les vers pour vêtement.

« Comment es-tu tombée du ciel, nouvelle étoile du matin ? Comment t'es-tu laissé terrásser, toi qui frappais les nations de plaies, toi qui disais dans ton cœur : Je monterai jusqu'au ciel ; j'élèverai mon trône au-dessus des astres de Dieu ; je

1. Is., xiv.

m'assiérai sur la montagne de l'alliance, du côté
de l'aquilon ; je monterai au-dessus des nuées les
plus élevées ; je serai semblable au Très-Haut? (Ce
passage convient à la fois à l'Antéchrist et à Satan,
auquel on l'applique ordinairement. Mais ce qui
précède et ce qui suit ne peut être vrai que du
premier.)

« Et malgré cela, tu as été précipité dans l'enfer,
jusqu'au plus profond de l'abîme ! Ceux qui te verront se pencheront vers toi, et te diront en te con-
sidérant : Est-ce bien là *cet homme* qui a fait trembler la terre, qui a ébranlé les royaumes, qui a
rendu le monde désert, qui en a détruit les villes,
qui a retenu ses prisonniers dans les fers ? Tous
les rois des nations sont morts avec gloire, et chacun d'eux a son tombeau. Toi, au contraire, tu as
été jeté bien loin de tout sépulcre, comme un tronc
inutile et souillé ; tu as été confondu dans la foule
de ceux qui ont péri par l'épée, et qui sont descen-
dus au fond de l'abîme comme un cadavre en putré-
faction. Bien plus, tu n'auras pas même l'honneur
de partager avec eux cette sépulture ; car tu as
ruiné ton royaume, tu as fait périr ton peuple, *et
ta race scélérate disparaîtra pour jamais de la
terre. Qu'on se prépare à égorger ses enfants pour
punir l'iniquité de leurs pères* ; car ils ne doivent
plus s'élever, ni hériter la terre, ni remplir de villes
la face du monde. »

Si tel doit être le sort des descendants de l'Antéchrist, celui de la capitale de son empire ne sera

guère plus enviable. Voici en effet comment l'Apocalypse décrit sa destruction complète et à jamais définitive [1] :

« Après cela je vis un autre ange qui descendait du ciel, ayant une grande puissance ; et la terre fut illuminée de sa gloire. Et il cria avec force, disant : Elle est tombée, elle est tombée, la grande Babylone, et elle est devenue une demeure de démons et une retraite de tout esprit impur, de tout oiseau immonde et qui inspire de l'horreur ; parce que toutes les nations ont bu du vin de la colère de sa prostitution ; et les rois de la terre se sont corrompus avec elle, et les marchands de la terre se sont enrichis de l'excès de son luxe... Autant elle s'est glorifiée et a été dans les délices, autant multipliez ses tourments et son deuil ; car elle dit en son cœur : Je suis reine, je ne suis point veuve, et je ne serai point dans le deuil.

« C'est pourquoi en un seul jour viendront ses plaies, et la mort et le deuil, et la famine ; et elle sera brûlée par le feu, parce qu'il est puissant le Dieu qui la jugera. Et ils pleureront sur elle, et ils se frapperont la poitrine, les rois de la terre qui se sont corrompus avec elle dans les délices, quand ils verront la fumée de son embrasement, se tenant au loin dans la crainte de ses tourments, disant : Malheur ! malheur ! Babylone, cette grande cité, cette cité puissante ! En une heure est venu ton

1. Apoc., xviii.

jugement. Et les marchands de la terre pleureront et gémiront sur elle, parce que personne n'achètera plus leurs marchandises...

« Malheur ! malheur ! cette grande cité, qui était vêtue de fin lin, de pourpre et d'écarlate, parée d'or, de pierreries et de perles ! En une heure ont été anéanties de si grandes richesses. Tous les pilotes, tous ceux qui naviguent sur le lac, les matelots et tous ceux qui font le commerce sur la mer (la Méditerranée seule est à la fois un lac par sa ceinture de terres et une mer par son étendue), se sont tenus au loin et ont crié, voyant le lieu de son embrasement, disant : Quelle cité semblable à cette grande cité ? Et ils ont jeté de la poussière sur leur tête, et ils ont poussé des cris mêlés de larmes et de sanglots, disant : Malheur ! malheur ! cette grande cité, dans laquelle sont devenus riches tous ceux qui avaient des vaisseaux sur la mer. (Comme tout cela conviendra merveilleusement à la splendide cité de Constantinople quand elle sera devenue l'entrepôt du monde entier en tombant aux mains d'un peuple civilisé, formé de cent millions d'hommes et possédant la moitié de l'Europe et de l'Asie !) En une heure elle a été ruinée. (Il est dit au chapitre précédent : Les dix cornes que tu as vues dans la bête, ce sont ceux qui haïront la prostituée ; ils la réduiront à la désolation et à la nudité ; ils la mettront à nu, ils dévoreront ses chairs, et ils la brûleront dans le feu.)

« Ciel, réjouis-toi sur elle, et vous aussi, saints

apôtres et prophètes, parce que Dieu vous a fait pleinement justice d'elle. Alors un ange fort leva en haut une pierre comme une grande meule, et la jeta dans la mer, disant : Ainsi sera précipitée Babylone, cette grande cité, et à l'avenir elle ne sera plus trouvée. Et la voix des joueurs de harpe, des musiciens, des joueurs de flûte et de trompette, ne sera plus entendue en toi ; et nul artisan d'aucun métier ne sera trouvé en toi ; et le bruit de la meule ne sera pas entendu en toi désormais. Et la lumière des lampes ne luira plus en toi désormais, et la voix de l'époux et de l'épouse ne sera plus entendue en toi, parce que tes marchands étaient des princes de la terre et que par tes enchantements se sont égarées toutes les nations. Et dans cette ville a été trouvé le sang des prophètes et des saints, et de tous ceux qui ont été tués sur la terre.

« Après cela j'entendis comme la voix d'une grande multitude dans le ciel, disant : Alleluia. Le salut, la gloire et la vertu sont à notre Dieu, parce que ses jugements sont véritables et justes, qu'il a fait justice de la grande prostituée qui a corrompu la terre par sa prostitution, et qu'il a vengé le sang de ses serviteurs répandu par ses mains... J'entendis encore comme la voix d'une grande multitude, comme la voix de grandes eaux et comme de grands coups de tonnerre, qui disaient : Alleluia ; *il règne le Seigneur notre Dieu, le Tout-Puissant.* Réjouissons-nous, tressaillons d'allégresse, et donnons-lui la gloire, parce qu'elles sont venues, *les noces de l'Agneau, et que son épouse s'y est préparée.* Et il lui a été donné de se vêtir d'un fin lin, éclatant et blanc. Car le fin lin, ce sont les justifications des saints...

« Je vis ensuite le ciel ouvert, et voilà un cheval blanc ; celui qui le montait s'appelait le Fidèle et le Véritable qui juge et combat avec justice. Ses yeux étaient comme une flamme de feu ; et sur sa tête étaient beaucoup de diadèmes ; il avait un nom écrit que nul ne connaît que lui. Il était vêtu d'une robe teinte de sang, et le nom dont on l'appelle est le Verbe de Dieu. Les armées qui sont dans le ciel le suivaient avec des chevaux blancs, vêtues d'un fin lin blanc et pur. Et de sa bouche sort un glaive à deux tranchants pour en frapper les nations ; car il les gouvernera avec un sceptre de fer, et c'est lui qui foule le pressoir du vin de la fureur et de la colère du Dieu tout-puissant. Et il porte écrit sur son vêtement et sur sa cuisse : Roi des rois, et Seigneur des seigneurs.

« Et je vis un ange debout dans le soleil ; et il cria d'une voix forte, disant à tous les oiseaux qui volaient au milieu de l'air : Venez et assemblez-vous pour le grand souper de Dieu, — pour manger la chair des rois, la chair des tribuns militaires, la chair des forts, la chair des chevaux et de ceux qui les montent, et la chair de tous les hommes libres et esclaves, petits et grands. — *Et je vis la bête et les rois de la terre et leurs assemblées pour faire la guerre à celui qui montait le cheval et à son armée.*

Mais la bête fut prise, et avec elle le faux prophète
qui avait fait les prodiges devant elle, par lesquels
il avait séduit ceux qui avaient reçu le caractère
de la bête, et qui avaient adoré son image. Les
deux furent jetés vivants dans l'étang de feu nourri
par le soufre. Tous les autres furent tués par l'épée
qui sortait de la bouche de celui qui montait le
cheval, et tous les oiseaux furent rassasiés de
leurs chairs. »

Voilà donc à quelle occasion interviendra le Fils
de Dieu pour exterminer son plus grand ennemi.
C'est que ce dernier aura eu la folie d'assembler
les rois et les armées de toute la terre précisément
« pour faire la guerre à celui qui montait le cheval
et à son armée », c'est-à-dire, non plus aux chrétiens et à son Eglise, mais à la personne même de
leur Chef Jésus-Christ. Pour nous, qui avons une
idée exacte de la Toute-Puissance de Dieu, une
pareille entreprise paraît d'abord trop insensée
pour pouvoir entrer dans l'esprit d'une grande
multitude. Nous nous disons en effet : ou l'Antéchrist et ses partisans croiront alors à l'existence
de Dieu, et ils ne pourront pas songer à vaincre
une puissance infinie, — ou ils seront encore
athées, et ils n'auront pas la folie de vouloir combattre quelqu'un dont ils nieront l'existence. —
Cependant, il est certain d'un côté que le fait aura
lieu, car il est affirmé bien catégoriquement par
l'Ecriture : « Et je vis la bête et les rois de la terre,
et leurs assemblées pour faire la guerre à celui qui

montait le cheval et à son armée. Mais la bête fut
prise, et avec elle le faux prophète... Tous les autres furent tués par l'épée qui sortait de la bouche
de celui qui montait le cheval, et tous les oiseaux
furent rassasiés de leurs chairs. » Or, d'un autre
côté, il n'y a pas d'effet sans cause ; par conséquent
il y a lieu de chercher l'explication de ce fait, parce
qu'il faut qu'elle existe nécessairement.

Il est certain que l'Antéchrist ne croira pas à
l'existence d'un Dieu infiniment puissant, avant de
l'avoir vu marcher contre lui avec tout l'éclat de
sa force et de sa majesté sans bornes ; car au moment où son adversaire paraîtra devant ses yeux
avec un si terrible appareil, bien loin de songer
encore à le combattre, il mourra instantanément
de frayeur. Mais, depuis quelque temps avant, ce
fameux suppôt de l'enfer aura été forcé de reconnaître la réalité de quelque chose comme un demi-
dieu, c'est-à-dire de quelque être surhumain pro-
tégeant l'Eglise comme lui-même se sentira protégé
par le prince des démons, mais se trouvant à la fois
assez faible pour lui laisser massacrer presque tous
les chrétiens, y compris Hénoch et Elie, et assez
fort pour lui faire résister ces deux prophètes
pendant trois ans et demi, pour sauver de ses
coups l'essence même de l'Eglise dans la personne
du Pape et pour venger ses innombrables martyrs par les fléaux les plus terribles. Or, il est
à supposer qu'avant de monter au ciel les deux
prophètes, qui auront annoncé à l'avance chacun

de ces fléaux, prédiront aussi que le Fils de Dieu descendra bientôt sur la terre vers un lieu déterminé (que nous croyons être Jérusalem) pour exterminer l'Antéchrist et la plupart de ses partisans.

D'un autre côté, l'existence de Dieu sera devenue alors le grand problème qui agitera tous les esprits. Et en effet, quoique la prédication d'Hénoch et d'Elie ne doive opérer directement que bien peu de conversions, tous les prodiges qu'ils accompliront, en faisant périr d'un mot ceux qui attenteront à leur vie, et tous les fléaux épouvantables qu'ils feront abattre sur l'univers au jour et à l'heure fixés par eux, ébranleront nécessairement l'athéisme des criminels les plus endurcis. De plus, les terribles souffrances qu'on endurera depuis longtemps et qui seront assez violentes pour faire souhaiter la mort, inspireront à plus forte raison un ardent désir d'arriver enfin à la solution définitive de la crise. On voudra savoir à coup sûr s'il y a un Dieu Tout-Puissant ou s'il n'y en a pas ; et pour en acquérir la certitude on ne trouvera rien de mieux que de faire l'expérience provoquée par la prédiction des deux prophètes. « Qu'on se rende sur le terrain assigné en aussi grand nombre que possible : si aucun adversaire surhumain n'y apparaît pour répondre à un défi si solennel confirmé encore par toute sorte de blasphèmes, et si la prédiction de ces deux grands représentants du christianisme se trouve démentie, l'expérience sera faite et le problème résolu ; ces deux hommes n'auront été que des dupes, où des imposteurs doués d'un pouvoir magique, et leur Dieu sera convaincu de n'être qu'un vain mot : si, au contraire, il se présente quelqu'un pour combattre, il faut savoir s'il est tout-puissant comme le prétendent les chrétiens, ou si ce n'est qu'une espèce de demi-dieu très fort contre les faibles, mais très faible contre les forts ; pour en faire l'épreuve il n'y a rien de mieux que de rassembler en masse toutes les forces de la terre et de les amener au combat qui décidera enfin du sort de l'univers : car, si l'on se trouve en face d'un adversaire Tout-Puissant, on en sera quitte avec le sacrifice d'une vie qui est à charge, et s'il ne possède qu'une force relative ce sera lui-même qui sera écrasé ; et alors le monde pourra enfin jouir d'un éternel repos, car on ne sera plus tourmenté ni par l'existence odieuse du christianisme, ni par des fléaux terribles destinés à venger le sang de ses martyrs. »

Il nous semble entendre une multitude de harangues développées sur un tel thème dans l'époque dont nous parlons, tellement des idées semblables paraissent devoir surgir alors de la nature même des choses humaines. Mais ce que nous devons surtout observer, c'est que Dieu, voulant réaliser ce rassemblement colossal pour mieux faire éclater sa gloire, n'éprouvera aucune peine pour en suggérer l'idée à tous les esprits ; et d'ailleurs, il sera bien secondé dans cette œuvre par le concours du démon, parce que celui-ci, ne pouvant plus rien

faire contre l'Eglise, aura déjà tourné toute sa
rage contre ses anciens protégés et n'aura rien
tant à cœur que de les amener à la mort sous
prétexte de les conduire à la victoire afin de pouvoir les torturer plus tôt au fond de l'enfer.

Voici en effet ce que nous lisons au chapitre XVI
de l'Apocalypse : « Le sixième ange répandit sa
coupe sur ce grand fleuve de l'Euphrate, et dessé-
cha ses eaux pour ouvrir le chemin aux rois de
l'Orient. Et je vis sortir de la bouche du dragon,
de la bouche de la bête et de la bouche du faux
prophète, trois esprits impurs semblables à des
grenouilles. *Or, ce sont des esprits de démons, qui
font des prodiges, et qui vont vers les rois de toute
la terre, pour les assembler au combat, au grand
jour du Dieu Tout-Puissant.* »

On voit par là que le démon fera tous les prodiges
possibles, et entre autres celui de dessécher de
grands fleuves comme l'Euphrate, afin d'attirer
tous les rois et toutes les armées de la terre au
grand combat contre Dieu. Mais ce que nous vou-
drions faire remarquer surtout dans ce texte, c'est
que cette fameuse expression de « *grand jour de
Dieu* » qui est souvent reproduite dans l'Ecriture
et que les interprètes appliquent généralement au
jugement dernier désigne en réalité le jour du combat de Jésus-Christ contre l'Antéchrist. C'est donc
à ce dernier événement, et non pas au jugement
général, que saint Paul fait allusion quand il dit [1] :

1. II Thess., II.

« Or, nous vous conjurons, mes frères, par l'avènement de Notre-Seigneur Jésus-Christ, et par notre réunion avec lui, de ne point vous laisser si vite ébranler dans vos sentiments... comme si le jour du Seigneur était proche. »

Voici ce que dit le prophète Sophonie à propos de ce jour terrible [1] : « Il approche, le *grand jour du Seigneur*, il approche fort rapidement ; le bruit du jour du Seigneur sera amer ; *c'est là que le puissant sera écrasé*. Ce sera un jour de colère, ce jour-là ; ce sera un jour de tribulations et d'angoisses, un jour de misère et de calamité, un jour de ténèbres et d'obscurité, un jour de nuages et de tempêtes, un jour où le bruit de la trompette résonnera sur les cités fortifiées et sur les tours élevées. Je tourmenterai les hommes et ils marcheront comme des aveugles, parce qu'ils ont péché contre le Seigneur ; leur sang sera jeté comme de la poussière, et leur corps comme du fumier. »

Mais nous allons voir dans Joël une description du même jour encore supérieure à celle-là [2] :

« En ces jours-là et en ce temps-là, lorsque j'aurai fait revenir les captifs de Juda et de Jérusalem, j'assemblerai tous les peuples et je les amènerai dans la vallée de Josaphat ; et là, j'entrerai en jugement avec eux au sujet d'Israël mon peuple et mon héritage, qu'ils ont dispersé parmi les nations, en se divisant ma terre entre eux. Ils ont partagé mon

1. Sophon., I.
2. Joël, III.

peuple au sort, ils ont exposé l'enfant dans des lieux de prostitution, et ils ont vendu la jeune fille pour avoir du vin et s'enivrer....

« Publiez ceci parmi les nations : *qu'elles se liguent entre elles par les serments les plus sacrés ;* que leurs braves se réveillent, qu'ils approchent, qu'ils montent ici, tous les hommes amis de la guerre. Faites des épées avec vos charrues et des lances avec vos hoyaux ; que le faible dise : Je suis fort. Peuples, venez tous en foule ; accourez et assemblez vous de toutes parts ; c'est là que le Seigneur fera périr tous vos braves. Oui, que les peuples se lèvent et qu'ils se rendent dans la vallée de Josaphat ; car c'est là que je siégerai pour juger toutes les nations qui y seront réunies. Mettez la main aux faucilles, parce que la moisson est mûre ; venez et descendez, parce que le pressoir est plein et que les cuves regorgent, parce que leur malice est montée à son comble. Accourez, peuples, dans la vallée du carnage, parce que le jour du Seigneur approche dans la vallée du carnage. *Le soleil et la lune se sont obscurcis, et les étoiles ont retiré leur lumière. Le Seigneur rugira du haut de Sion, et sa voix retentira de Jérusalem ;* le ciel et la terre trembleront, et le Seigneur sera l'espoir de son peuple et la force des enfants d'Israël. »

On ne peut penser à de telles prophéties sans se rappeler le second psaume de David : « Pourquoi les nations se sont-elles soulevées en frémissant, et les peuples ont-ils formé de vains projets ? *Les rois de la terre se sont assemblés et les princes se sont joints ensemble contre le Seigneur et contre son Christ.* Brisons leurs liens, ont-ils dit, et jetons loin de nous leur domination. — Celui qui habite dans les cieux se rira d'eux, et le Seigneur se moquera d'eux. Alors il leur parlera dans sa colère, et il les terrifiera dans sa fureur. »

Mais, à propos du Roi-Prophète, le lecteur nous permettra sans doute de lui présenter encore le portrait qu'il nous donne de Jésus-Christ rentrant dans le ciel après l'extermination de son grand ennemi [1].

« Quel est celui qui vient d'Edom et de Bosra, avec sa robe teinte ? Il est beau à voir marchant avec ce vêtement et avec la plénitude de la force. — C'est moi qui dis la justice, et qui suis un défenseur de salut. — Pourquoi donc votre robe est-elle rouge, et pourquoi vos vêtements sont-ils comme les habits de ceux qui foulent le vin dans les pressoirs ? — C'est que j'ai été seul à fouler le vin, et personne d'entre les nations ne m'a aidé ; je les ai foulés dans ma fureur, je les ai foulés aux pieds dans ma colère ; leur sang a rejailli sur ma robe, et tous mes vêtements en ont été souillés. Car le jour de ma vengeance est arrivé pour mon cœur, et le temps de racheter les miens est venu. J'ai regardé autour de moi, et il n'y avait personne pour m'aider ; j'ai cherché et je n'ai point trouvé de secours. Mais mon bras a été mon salut, et j'ai puisé des forces dans

---

1. Ps. LXIII.

mon indignation. J'ai foulé les peuples dans ma fureur, je les ai enivrés dans mon indignation, et j'ai renversé leur force par terre. »

Mais revenons à l'Antéchrist et à son faux prophète, pour examiner s'ils seront réellement tués par le Fils de Dieu et comment ils le seront avec leurs partisans.

Ce qui donne lieu à une telle question, c'est que l'Apocalypse semble dire que ces deux grands ennemis de l'Eglise seront jetés dans l'enfer en corps et en âme sans avoir subi le supplice de la mort :

« Mais la bête fut prise et avec elle le faux prophète... *Les deux furent jetés vivants dans l'étang du feu nourri par le soufre. Tous les autres furent tués par l'épée qui sortait de la bouche de celui qui montait à cheval.* » Cependant le texte de saint Paul est très formel pour affirmer la mort de l'Antéchrist lors de la venue du divin Sauveur : « Et alors apparaitra cet impie que le *Seigneur Jésus tuera par le souffle de sa bouche, et qu'il détruira par l'éclat de son avènement.* » Si donc il doit être jeté tout vivant dans l'enfer avec son faux prophète. c'est que Dieu les ressuscitera immédiatement après leur mort, afin qu'ils n'aient aucun délai pour supporter en corps et en âme tous les châtiments qu'ils auront mérités.

Quant à la manière dont ils seront exterminés ainsi que tous leurs partisans réunis pour le grand combat, saint Paul nous la montre encore très clairement quand il nous dit : « Le Seigneur Jésus le tuera par le *souffle de sa bouche*, et il le détruira par *l'éclat de son avènement* », c'est-à-dire par la pure manifestation de sa puissance infinie. C'est la parole ou le souffle du Fils de Dieu qui, dans le langage poétique de l'Apocalypse, est un *glaive à deux tranchants*, tenu à la bouche, et non pas à la main, de Jésus-Christ.

Maintenant, pourrait-on douter qu'il y ait en ce jour-là un avènement proprement dit, c'est-à-dire une intervention directe, personnelle et *matériellement visible* du divin Sauveur en tant que Dieu fait Homme et crucifié par les hommes ? Nous ne croyons pas qu'un tel doute puisse légitimement persister après un examen attentif des textes de l'Ecriture qui établissent cette vérité. Mais nous ne voulons pas dire par là que Notre-Seigneur doive rester quelque temps sur la terre ni même y poser le pied, car il n'y a rien qui autorise une pareille supposition. Il y aura un avènement réel, glorieux et partout visible de Jésus-Christ, en ce sens que tout le monde le verra venir dans les airs avec toute sa puissance et sa majesté, accompagné de toute la cour céleste. Mais quand, selon l'expression du Roi-Prophète, il aura ainsi *abaissé les cieux* pour atteindre ses ennemis de la terre et les exterminer, et lorsque tous les hommes auront pu voir sa majesté infinie de manière que la plupart soient morts de frayeur, le Fils de Dieu remontera aussitôt dans le ciel et cessera d'apparaître aux habitants de ce monde jusqu'au jour du jugement.

Voilà, ce nous semble, ce qui ressort avec certitude des différents textes qui suivent. Saint Paul nous dit en propres termes que l'Antéchrist « sera détruit par l'éclat de l'avènement du Seigneur Jésus. » Si cet avènement n'était pas très réel, matériellement visible et éclatant à l'excès, *ce ne serait pas cet éclat même qui pourrait détruire* le plus grand ennemi de Dieu qui doive jamais exister. Dans le chapitre xix de l'Apocalypse, saint Jean nous montre le Verbe de Dieu *à cheval, suivi* de toutes les armées célestes à cheval aussi, exterminant en personne une armée immense sans le moindre instrument étranger. Peut-on dire que tout cela est purement figuré, que les hommes ne verront aucun habitant du ciel, et qu'ils mourront instantanément sans aucune cause sensible de mort? Tout ce passage serait alors inexplicable parce qu'il n'aurait absolument aucune signification.

Mais transportons-nous au chapitre vi de ce même livre, et nous verrons des données plus précises sur cette manifestation sans pareille de la divinité : « Le ciel se replia comme un livre roulé, et toutes les montagnes et les îles furent ébranlées de leur place. Alors les rois de la terre, les princes, les tribuns militaires, les riches, les puissants, et tout homme esclave ou libre se cachèrent dans les cavernes et dans les rochers des montagnes. Et ils dirent aux montagnes et aux rochers : Tombez sur nous, et cachez-nous de la face de celui qui est assis sur le trône, et de la colère de l'Agneau, parce qu'il est arrivé le grand jour de leur colère : et qui pourra subsister ? »

Nous savons bien que l'on applique ordinairement ce passage au jugement général ; mais si l'on examine attentivement chacune de ces expressions on se convaincra sans peine que cette interprétation est impossible. Et en effet, il n'y aura plus alors ni rois, ni princes, ni riches, ni puissants, ni hommes libres, ni esclaves : il n'y aura que des saints et des réprouvés, ayant déjà subi le jugement particulier, s'étant trouvés en présence de toute la majesté divine et connaissant de reste quel sera leur sort éternel. Aussi, dans les deux descriptions du jugement général qui nous sont fournies par saint Matthieu et par la fin de l'Apocalypse, il n'y a rien qui ressemble à ce que nous voyons ici. Pour que les hommes puissent éprouver une frayeur mortelle à la vue de Dieu et crier aux montagnes de les écraser, il faut deux conditions qui seront absentes au jugement général : il faut que cette vue de la divinité ait lieu pour la première fois, et qu'elle se réalise quand on sera encore susceptible de mourir et non pas après la mort.

Nous allons terminer ce chapitre en rapportant encore, uniquement pour mémoire, le texte des trois Évangiles relatif à l'avènement de Jésus-Christ qui aura lieu à la suite des grands cataclysmes que nous venons de raconter :

« Il y aura des signes dans le soleil, dans la lune

et dans les étoiles ; et sur la terre la détresse des
nations à cause du bruit confus de la mer et des
flots ; les hommes séchant de frayeur dans l'attente
de ce qui doit arriver à tout l'univers ; car les
vertus des cieux seront ébranlées ; et *alors ils verront le Fils de l'homme venant dans une nuée, avec
une grande puissance et une grande majesté* [1].

« *Après cette tribulation*, le soleil sera couvert
de ténèbres, et la lune ne donnera plus sa lumière,
et les étoiles du ciel tomberont, et les vertus qui
sont dans les cieux seront ébranlées. Alors on verra
le Fils de l'homme venant dans les nuées avec une
grande puissance et une grande gloire [2].

« Mais aussitôt après la tribulation de ces jours,
le soleil s'obscurcira, et la lune ne donnera plus sa
lumière ; les étoiles tomberont du ciel et les vertus
des cieux seront ébranlées. *Alors apparaîtra le
signe du Fils de l'homme dans le ciel ; alors pleureront toutes les tribus de la terre*, et elles verront le
Fils de l'homme venant dans les nuées du ciel, avec
une grande puissance et une grande majesté [3]. »

Ce *signe* du Fils de l'homme est évidemment la
croix. Ce sera donc bien Jésus-Christ, le Fils de
Dieu fait homme et crucifié pour les péchés du
monde, qui se manifestera avec une grande puissance et une grande majesté à *toutes les tribus de
la terre*. « Comme l'éclair part de l'orient et appa-

1. Luc., xxi, 25.
2. Marc., xxiii, 24.
3. Matth., xxiv, 29.

raît jusqu'à l'occident, ainsi sera l'avènement du Fils de l'homme », c'est-à-dire que cet avènement sera subit et éblouissant comme l'éclair et qu'il sera également visible sur tous les points de la terre, afin que personne ne puisse douter de la divinité de ce christianisme si odieux et si cruellement persécuté. Aussi tous les hommes sangloteront de repentir, et crieront aux montagnes de les écraser, pour échapper à la colère d'un Dieu qui ne montrera en ce moment rien autre chose que sa puissance et sa colère.

Voilà donc trois textes évangéliques d'où il résulte avec certitude que la grande persécution de l'Antéchrist et les terribles fléaux de la fin de son règne seront suivis d'un avènement glorieux et proprement dit de notre divin Sauveur. C'est là d'ailleurs un point sur lequel tout le monde est parfaitement d'accord. Seulement cette manifestation divine a été regardée jusqu'ici comme identique à celle du jugement général, bien que nul de ces textes ne présente ni la moindre mention, ni aucune preuve, ni même une ombre d'apparence d'un véritable jugement. Mais nous allons démontrer dans un nouveau chapitre que cette interprétation classique est absolument impossible, parce qu'après l'avènement dont il s'agit ici, si le *monde* doit finir *au sens mystique du mot,* il n'en sera pas ainsi de l'univers et du genre humain qui continueront à exister encore pendant des siècles.

CHAPITRE VI

LE RÈGNE DE SATAN ET DU MONDE REMPLACÉ SUR TOUTE LA TERRE PAR UNE DOMINATION INDÉFINIE DE JÉSUS-CHRIST ET DE L'ÉGLISE.

Quand on examine les motifs qui ont porté nos devanciers à placer la destruction de l'univers et le jugement dernier à la suite des faits que nous venons de raconter, on trouve d'abord la confusion entre les deux sens des mots *siècle* et *monde*, et puis la grande résurrection qui, selon plusieurs passages de l'Ecriture, vient compléter la série de tous ces événements.

Ainsi nous lisons dans saint Matthieu [1] : « On verra le Fils de l'homme venant dans les nuées du ciel, avec une grande puissance et une grande majesté. Et il enverra les anges qui, avec une trompette et une voix éclatante, rassembleront *ses élus* des quatre vents de la terre, du sommet des cieux jusqu'à leurs dernières profondeurs. — Alors on verra le Fils de l'homme venant dans les nuées

---

1. Matth., xxiv, 30.

avec une grande puissance et une grande gloire ; alors aussi il enverra ses anges, et il rassemblera *ses élus*, des quatre vents, de l'extrémité de la terre jusqu'à l'extrémité du ciel [1]. »

Il est bien évident que les deux évangélistes n'annoncent *à la lettre* qu'une résurrection partielle, puisqu'ils ne la font porter que sur des élus. Mais tout le monde a supposé qu'ils s'étaient mis d'accord pour user au même endroit de la même litote ; c'est-à-dire qu'ils avaient dit moins afin de faire entendre plus. Cependant on nous accordera bien qu'une telle supposition est purement arbitraire, et infiniment éloignée de constituer une preuve proprement dite. Ces textes démontrent parfaitement qu'il y aura alors une résurrection d'élus, mais il est tout à fait impossible de leur faire prouver davantage.

Voici un autre passage de l'Écriture qui n'a pas peu contribué à confirmer les interprètes dans la même erreur. Nous lisons au chapitre XII de Daniel : « Mais en ce temps-là s'élèvera Michel, grand prince, qui est le protecteur des enfants de ton peuple ; et il viendra un temps tel qu'il n'y en aura point eu de semblable depuis que les peuples sont établis jusqu'alors. Ce sera là un temps de salut pour ton peuple, pour tous ceux qui se trouveront écrits dans le livre de vie. *Et beaucoup de ceux qui dorment dans la poussière de la terre se réveilleront,*

1. Marc., XIII, 26.

les uns pour la vie éternelle, les autres (ou d'autres) pour un opprobre qu'ils auront toujours devant les yeux. »

Le texte dit bien : « *Et multi de his qui dormiunt in terræ pulvere.* » Mais les commentateurs ne se gênent pas pour supprimer le mot *de*, qui, lui, a le tort de les gêner un peu trop, et pour substituer l'adjectif *omnes* à celui de *multi*. Or, n'est-ce pas là un escamotage, bien plus qu'une interprétation de l'Ecriture, malgré toute la bonne foi que l'on apporte certainement dans ce procédé, si cher aux hérétiques et si commode pour toutes les hérésies ? Nous admettons très bien que si le prophète avait dit simplement : « *Multi qui dormiunt* », c'est-à-dire : de *nombreux morts*, on pourrait dire qu'il a voulu *peut-être* désigner par là tous les morts qui seront très nombreux en effet. Ce serait sans doute une interprétation facultative et incapable de servir de preuve, mais enfin elle serait possible. Seulement Daniel emploie la préposition partitive *de*, et il dit : « Beaucoup *de* ceux qui dorment », c'est-à-dire beaucoup *d'entre* les morts. Il parle donc certainement d'une résurrection partielle et non pas générale ; et, ce texte que l'on voudrait tourner contre nous, nous pourrions très bien, si nous le voulions et si nous n'en avions pas beaucoup d'autres plus formels, le faire servir au contraire à la preuve de notre thèse.

Mais, dira-t-on peut-être, comment concilier la résurrection de Daniel, qui comprend des élus et des réprouvés, avec celle de l'Evangile, qui mentionne uniquement des élus ? Il n'y a rien de plus facile. En combinant le texte de saint Paul, d'après lequel l'Antéchrist doit être tué par le Fils de Dieu, avec celui de l'Apocalypse dans lequel nous le voyons précipité tout vivant en enfer avec son faux prophète, nous comprenons évidemment que ces deux réprouvés seront rappelés à la vie aussitôt après leur mort. Si Daniel mentionne leur résurrection, c'est qu'elle doit avoir lieu en même temps que celle des élus ; et si au contraire Jésus-Christ n'en dit rien, c'est que ces deux résurrections ne compteront pas en quelque sorte en comparaison de celles des saints qui seront très nombreuses ; et puis surtout c'est parce que le Fils de Dieu éprouve tant de répugnance pour son cynique ennemi qu'il évite même la moindre allusion à sa personne, tout en faisant l'histoire prophétique de son règne.

Mais arrivons enfin à la première preuve proprement dite de notre thèse, dans laquelle nous verrons incidemment quels sont les élus qui doivent ressusciter après la mort de l'Antéchrist.

Voici ce que nous lisons dans le chapitre xx de l'Apocalypse : « Je vis aussi des trônes (et il y en eut qui s'y assirent, et le pouvoir de juger leur fut donné), et les âmes de ceux qui ont eu la tête tranchée à cause du témoignage de Jésus et à cause de la parole de Dieu, et qui n'ont point adoré la bête ni son image, ni reçu son caractère sur le front ou dans leurs mains ; et ils ont vécu et régné avec

Jésus-Christ pendant mille ans. Les autres morts
ne sont pas revenus à la vie jusqu'à ce que fussent
accomplis les mille ans. C'est ici la première résurrection. »

Tout le monde reconnaît que les martyrs qui
« n'ont point adoré la bête ni son image, ni reçu
son caractère sur le front ou dans leurs mains »
sont certainement les martyrs de l'Antéchrist. On
n'est pas moins unanime à avouer que les mille ans
de règne dont jouissent ces bienheureux avec Jésus-
Christ doivent se passer avant la fin de l'univers,
parce que c'est seulement après leur expiration que
doit arriver la résurrection générale, selon la teneur
du texte. Eh bien, alors, direz-vous, il ne peut pas
y avoir de controverse sur la conclusion ; il doit
être évident pour tous qu'il s'écoulera au moins
mille ans du règne de l'Antéchrist à la résurrection
générale.

Si vous croyez cela, ami lecteur, vous vous trom-
pez de la manière la plus complète, en présumant
beaucoup trop de la logique des commentateurs de
l'Ecriture.

A part les millénaires, dont plusieurs étaient
hérétiques, et qui étaient tous dans l'erreur en ce
qu'ils plaçaient ces mille ans de règne des martyrs
sur la terre et non pas dans le ciel, — tous les autres chrétiens ont mis jusqu'ici ces mille années
avant l'Antéchrist et non pas après. Voici comment
ils procèdent pour cela ; nous donnons la parole au
grand commentateur classique, Cornélius : « Ces

mots « ils ont vécu et régné avec Jésus-Christ pendant mille ans » doivent se rapporter, non pas tant aux confesseurs et aux martyrs qui ont refusé d'adorer la bête ou l'Antéchrist, ce qui précède immédiatement, qu'aux âmes de ceux qui ont été martyrisés au temps de saint Jean, sous Domitien et les autres tyrans romains. »

Et pourquoi cela, s'il vous plaît? Vous trouvez inutile de le dire, parce qu'il est convenu depuis longtemps entre tous vos confrères que l'univers sera détruit sans retard après le règne de l'Antéchrist, et vous entendez que vos interprétations unanimes fassent loi pour tout le monde. Mais, au risque d'être taxé de rebelle, nous osons trouver votre prétention tant soit peu tyrannique. Quant à votre interprétation présente, nous croyons avoir de graves reproches à lui faire.

Et d'abord, en voulant n'attribuer cette résurrection qu'aux martyrs contemporains de saint Jean à l'exclusion de ceux de l'Antéchrist, vous lancez une affirmation souverainement arbitraire, et bien plus qu'arbitraire, car l'Apocalypse nomme précisément les saints que vous excluez et elle ne fait aucune mention de ceux que vous alléguez, et qui ne touchent en rien, ni de près ni de loin, l'objet de ce fameux livre prophétique.

En second lieu, vous savez très bien que les martyrs dont vous parlez n'ont été l'objet d'aucune résurrection proprement dite, et voilà pourquoi vous êtes obligé de dire avec la masse des commentateurs qu'il s'agit ici d'une résurrection purement spirituelle consistant dans la vision béatifique et la prise de possession du bonheur céleste. Mais d'abord, je ferai remarquer qu'une résurrection spirituelle est nécessairement tout autre chose qu'une entrée dans le ciel, parce que la première condition pour ressusciter spirituellement c'est d'être auparavant en état de mort spirituelle, c'est-à-dire en état de péché mortel, tandis que la condition *sine quâ non* de toute admission au bonheur éternel c'est précisément la possession de la vie spirituelle. Et puis, je vous ferai observer surtout qu'il s'agit certainement ici d'une résurrection corporelle, et non pas de celle que vous alléguez. En effet, l'Apocalypse dit : « Les *autres* morts ne sont pas revenus à la vie, jusqu'à ce que se fussent accomplis les mille ans », c'est-à-dire, de l'aveu de tous, jusqu'à la fin du monde. Mais des résurrections spirituelles, il s'en fait tous les jours et à toute heure du jour, parce qu'il y a sans cesse quelque pécheur qui se réconcilie avec Dieu ; et voilà pourquoi, pour le dire en passant, le prophète ne peut pas avoir une vision qui ne signifierait absolument rien, en étant restreinte aux premiers martyrs de l'Eglise. Il s'agit pour certains martyrs d'une résurrection telle qu'ils doivent être seuls, ou au moins presque seuls, à en jouir au moment où ils en seront l'objet, — tandis qu'au contraire tout le monde, réprouvés et bienheureux, c'est-à-dire *tout le reste des morts* y auront part mille ans après, ou à la fin de l'univers. Or tout cela n'est vrai que de la résurrection corporelle et se trouve nécessairement faux d'une résurrection différente.

Troisièmement, si, comme le dit Cornélius à la suite de la foule des interprètes, les mots : « ils ont vécu et régné avec Jésus-Christ pendant mille ans » ne se rapportent pas aux martyrs de l'Antéchrist, la vision de ces derniers ne peut avoir aucune raison d'être, parce qu'elle n'apprend absolument rien ni à nous ni à saint Jean. Que nous importerait la vue de la personne même de ces saints si elle n'avait pas coïncidé avec celle d'un état particulier ou de quelque action spéciale ? Ne pouvant nous donner aucun renseignement, elle nous serait tout à fait inutile ; et, s'il en était ainsi, ni le Seigneur ne l'aurait procurée à saint Jean ni l'apôtre lui-même n'aurait pris la peine de l'écrire.

Quatrièmement, si les mots : « ils ont vécu et ré-gné avec Jésus-Christ » ne se rapportent qu'à l'une des deux phrases qui précèdent, au lieu de s'appli-quer à toutes deux comme il est tout naturel de le supposer, — il faudrait les rattacher logiquement à la dernière, c'est-à-dire à celle qui les précède d'une manière immédiate, et non pas à celle qui est la plus éloignée. Mais à quoi bon insister là-dessus ? Faisons l'analyse logique des phrases en question, et il restera évident pour nous qu'elles se rapportent toutes deux à un seul et même sujet, les martyrs de l'Antéchrist : « Je vis aussi des trônes et les âmes de ceux qui ont eu la tête tranchée à cause du

témoignage de Jésus et à cause de la parole de Dieu
et qui n'ont point adoré la bête ni son image, ni reçu
son caractère sur le front ou dans leurs mains ; et ils
ont vécu et régné avec Jésus-Christ pendant mille
ans. » Si saint Jean avait dit : « Je vis les âmes de
ceux qui ont eu la tête tranchée... et *de ceux* qui...
ou bien : *et les âmes de ceux qui...* », il y aurait lieu
de distinguer entre certains martyrs et ceux de
l'Antéchrist, parce que les deux phrases incidentes
auraient chacune son antécédent et son sujet à part.
Mais il n'y a qu'un seul antécédent pour les deux
pronoms *qui* : il n'y a donc qu'un seul sujet réel
pour les deux phrases incidentes, et par conséquent
il y a identité rigoureuse entre ceux « qui ont eu la
tête tranchée à cause du témoignage de Jésus » et
ceux « qui n'ont point adoré la bête ni son image. »
En réalité, il n'est donc question ici que des martyrs
de l'Antéchrist, et il n'y a personne plus qu'eux pour
vivre et régner avec Jésus-Christ pendant mille ans
avant la résurrection générale.

Ceci nous fait comprendre que le Fils de Dieu re-
montant au ciel, après avoir exterminé son plus
grand ennemi et ses nombreux adorateurs, ressuscitera, non pas *tous* ses élus (l'Evangile dit simplement : *ses élus*, sans déterminer aucune quantité à
leur sujet), mais uniquement les martyrs de la
grande persécution récente. Or il est facile de comprendre que Jésus-Christ accomplira ce miracle
inouï dans un double dessein : d'abord, les martyrs
de l'Antéchrist ayant eu à supporter des épreuves

beaucoup plus grandes que les autres saints en fait de séductions et de tourments, leur maître voudra qu'ils aient une récompense tout à fait exceptionnelle en jouissant du bonheur céleste sans la moindre restriction bien avant même la fin de l'univers ; mais il y aura encore une autre raison qui sera peut-être supérieure à celle-là. Les contemporains de l'Antéchrist seront tellement endurcis dans l'incrédulité que la vue seule du Fils de Dieu pendant un court moment risquera fort de ne pas les convertir à fond et pour toujours. Et en effet, une fois la stupeur et l'épouvante passées grâce à la disparition de Jésus-Christ, rien ne les empêchera de raisonner sur cet événement comme on le fait aujourd'hui sur tous les miracles du passé. On pourra dire qu'on avait l'esprit hanté outre mesure par une apparition divine mille fois annoncée comme prochaine et qu'à la vue d'un phénomène tout naturel comme un nuage brillant ou une aurore boréale d'une forme fantastique, on a cru reconnaître ce Dieu qu'on attendait et qu'on a été tout simplement illusionné ou même halluciné. Mais supposé que des millions d'hommes se lèvent de leurs tombeaux sous les yeux de ceux qui les auront connus et même martyrisés, il ne sera pas aussi facile à ces derniers de faire appel à la supercherie ou à l'hallucination ; car la multitude des tombes vides sera pendant longtemps un témoin certain et irrécusable de la réalité des résurrections miraculeuses.

Et cependant, Dieu prendra un moyen bien plus

efficace et bien plus durable encore pour maintenir les hommes dans la foi chrétienne d'une manière indéfinie : nous voulons parler de l'enchaînement du démon au fond de l'enfer, de telle sorte qu'il ne puisse plus séduire les nations par ses mensonges et ses sophismes comme il l'aura fait jusqu'alors.

Revenons au chapitre XII de l'Apocalypse et au combat soutenu contre Satan et toutes les puissances infernales par saint Michel accompagné de tous les esprits célestes. Nous avons déjà prouvé au chapitre V que cette lutte unique dans le cours des siècles doit avoir lieu du temps de l'Antéchrist, entre la grande persécution de l'Eglise et les terribles fléaux qui en seront les châtiments. Nous devons en examiner maintenant les causes et les effets, afin de nous faire une idée nette de son importance.

Le combat qui se livre à cette époque est évidemment le plus grandiose qui puisse jamais être engagé, car il met aux prises d'une part toutes les puissances du ciel, y compris Jésus-Christ et les saints, et de l'autre toutes celles de l'enfer. Et en effet, ce ne sont pas les anges seuls qui travaillent à terrasser les démons et à renverser leur domination formidable. Pour qu'ils parviennent à remporter cette victoire il leur faut le concours du sang même de Jésus-Christ et celui des mérites de tous les confesseurs et de tous les martyrs : « Alors il se fit un *grand combat* dans le ciel : Michel et ses anges combattaient contre le dragon, et le dragon combattait et ses anges aussi ; *mais ils ne prévalu-*

rent pas. » Pourquoi ? Est-ce par la seule vertu des esprits célestes ? Non : « Il a été précipité, l'accusateur de *nos frères*, qui les accusait devant notre Dieu jour et nuit. Et *eux* (c'est-à-dire les chrétiens ou plutôt les saints) *l'ont vaincu* (ce ne sont donc pas les anges seulement, ni même principalement) *par le sang de l'Agneau* et par la parole de leur témoignage (il faut donc tous les mérites de Jésus-Christ réunis à ceux des saints et à la force des anges). »

Pour peu que l'on y réfléchisse, on verra de la manière la plus évidente qu'un combat d'une telle importance, une lutte absolument unique entre toutes les puissances de l'enfer et celles du ciel, suppose nécessairement un enjeu d'une grandeur proportionnée. Or si la fin de l'univers devait arriver aussitôt ou presque aussitôt après cette époque, il n'y aurait ni rien à gagner pour les vainqueurs ni rien à perdre pour les vaincus. Et en effet, l'enjeu de cette lutte ne peut être ni au ciel ni en enfer, puisque le sort de tous ceux qui se trouvent dans l'un ou l'autre est fixé irrévocablement pour toute l'éternité. Où peut-il donc se trouver ? Uniquement sur la terre, dont la domination aura été disputée pendant six mille ans entre le Monde et l'Eglise, entre Satan et Jésus-Christ. Et c'est bien là ce que donne à entendre l'Apocalypse, puisqu'elle nous montre Satan avant sa défaite « séduisant tout l'univers et accusant nuit et jour les chrétiens devant le Très-Haut. » Voilà la grande cause de la lutte : c'est toute la destinée du genre humain et de l'Eglise.

qui est en jeu. Par conséquent, il est absolument impossible que Dieu aille détruire tous les fruits de cette victoire sans pareille de ses anges, de ses saints et de son Christ, en mettant fin presque aussitôt après à l'existence de l'univers.

Après les causes de la grande lutte du ciel contre l'enfer, examinons un peu quels en sont les effets.

L'Apocalypse nous les montre d'une manière générale en disant : « J'entendis une voix forte qui criait dans le ciel : *C'est maintenant* qu'est accompli le salut de notre Dieu, et sa puissance et son règne, et la puissance de son Christ, *parce qu'il a été précipité,* l'accusateur de nos frères, qui les accusait devant notre Dieu jour et nuit... C'est pourquoi, cieux, réjouissez-vous, et vous qui y habitez. » Ainsi donc, jusqu'à la défaite de Satan et au règne de l'Antéchrist, le Père éternel et son divin Fils auront été sans aucune puissance où à peu près, au point de vue du genre humain, et ils n'auront joui d'aucune royauté vis-à-vis de l'univers. Mais à cette époque tout changera : on pourra dire enfin alors ce qui n'aura pas été vrai jusque-là, si ce n'est d'une manière virtuelle : « Le Christ règne, il triomphe et il commande. » Or ne serait-ce pas une folie de supposer que Dieu aura passé six mille ans à faire en quelque sorte le mort, à cacher sa puissance aux hommes et à les laisser dominer par le prince des démons, pour ne se montrer ensuite en maître absolu de l'univers que pendant quelques mois ou un petit nombre d'années ?

Serait-ce pour un triomphe d'une durée si déri-
soire que les cieux seraient invités à se mettre en
fête et à tressaillir d'allégresse? Ce sont là des
choses qui répugnent trop au plus élémentaire
bon sens pour pouvoir être admises au simple titre
de possibilités.

Mais poursuivons encore notre examen au sujet
des suites de la grande lutte entre le ciel et l'enfer.

Nous venons de voir Satan précipité du haut du
ciel, c'est-à-dire du faîte de sa puissance à l'égard
du monde, et condamné à ne plus se relever de sa
terrible chute : « Le dragon combattait et ses anges
aussi ; mais ils ne prévalurent pas ; aussi leur
place ne se trouva plus dans le ciel. Et ce grand
dragon, l'ancien serpent, qui s'appelle le diable et
Satan, et qui séduit tout l'univers, fut précipité
sur la terre, et ses anges furent jetés avec lui. »
Mais a-t-il longtemps à rester dans ce bas monde?
L'Apocalypse nous dit formellement que non :
« Malheur à la terre et à la mer, parce que le
diable est descendu vers vous, plein d'une grande
colère, *sachant qu'il n'a que peu de temps.* » C'est
pendant ce peu de temps qu'il doit faire pleuvoir
sur l'Antéchrist et ses partisans tous les fléaux
épouvantables que nous avons racontés.

Mais après, que deviendra-t-il? Puisqu'il a peu
de temps à rester sur la terre, et qu'il lui est
interdit pour toujours de revenir escalader le ciel,
il est inévitable qu'il soit précipité de nouveau au
fond de l'enfer. Mais l'Apocalypse ne se contente

pas de nous faire en quelque sorte deviner un dénoûment de cette importance : elle nous le présente de la manière la plus explicite à la place qui lui est assignée par l'ordre chronologique, c'est-à-dire au chapitre xx, entre le récit de l'extermination de l'Antéchrist et celui de la résurrection de ses martyrs : « Tous les autres (après la bête et son faux prophète) furent tués par l'épée qui sortait de la bouche de celui qui montait le cheval, et tous les oiseaux furent rassasiés de leurs chairs. *Et je vis un ange qui descendait du ciel, ayant la clef de l'abîme, et une grande chaîne en sa main. Et il prit le dragon, l'ancien serpent, qui est le diable et Satan, et il le lia pour mille ans ;* et il le jeta dans l'abîme, et l'y enferma, et il mit un sceau sur lui, *afin qu'il ne séduisît plus les nations* (c'est parce qu'il les avait toujours séduites jusque-là que toutes les puissances du ciel avaient fini par se liguer ensemble afin de le réduire à l'impuissance), jusqu'à ce que fussent accomplis les mille ans ; car après ces mille ans il faut qu'il soit délié pour un peu de temps. Je vis aussi des trônes, etc. » (Suit le texte sur la résurrection des martyrs de l'Antéchrist.)

Tout le monde reconnaît sans la moindre difficulté que ces mille années d'emprisonnement doivent se passer avant la fin de l'univers, car à l'expiration de cette période, Satan doit revenir sur la terre pour séduire encore les nations : « Et lorsque seront accomplis les mille ans, Satan sera

relâché de sa prison et sortira et il séduira les
nations qui sont aux quatre coins du monde. »
Mais alors, dira sans doute le lecteur, tout le
monde doit accorder aussi qu'il s'écoulera au
moins mille ans depuis la mort de l'Antéchrist,
coïncidant avec cet emprisonnement, jusqu'à la fin
de l'univers. C'est vrai, répondrons-nous ; tout le
monde doit bien l'accorder, mais personne ne
l'accorde, — toujours pour la même raison, —
parce que tous les commentateurs de l'Ecriture
se sont habitués à placer le règne de l'Antéchrist
à la fin des siècles, qu'ils regardent cette hypothèse comme une vérité aussi certaine qu'un article
de foi, et que bon gré mal gré ils interprètent tous
les Livres saints d'une manière conforme à un tel
point de vue.

Ainsi, l'enchaînement du démon décrit par saint
Jean entre le récit de la mort de l'Antéchrist et
celui de la résurrection de ses martyrs, ils vont
le placer tout simplement après la mort du Fils
même de Dieu. On trouvera sans doute qu'on ne
peut agir ainsi sans faire une violence criante
à l'ordre logique du discours, et sans disloquer
entièrement par un acte des plus arbitraires un
texte sacré que l'on devrait prendre tel quel et
laisser à la place où son auteur l'a mis, au lieu de
l'en détacher pour ne pouvoir le rattacher à rien
autre chose. Mais c'est encore là le moindre inconvénient d'une semblable interprétation. Ce qui en
montre catégoriquement la fausseté, c'est que l'his-

toire des dix-huit siècles de l'Eglise prouve avec la dernière évidence que Satan n'a pas été enchaîné le moins du monde depuis la mort de Notre-Seigneur. Et en effet quel doit être le résultat de cet enchaînement de l'esprit infernal ? C'est uniquement de l'empêcher de séduire les nations : « Il le jeta dans l'abîme, et l'y enferma, et il mit un sceau sur lui, *afin qu'il ne séduisît plus les nations*. » Et lorsque seront accomplis les mille ans, Satan sera relâché de sa prison et sortira et *il séduira les nations qui sont aux quatre coins du monde.* »

Or, depuis la mort du Sauveur, le démon a séduit les peuples dans tous les siècles, autant que cela pouvait se faire sans détruire entièrement l'Eglise, et l'empire de Jésus-Christ sur les âmes. Eh quoi ! le démon était enchaîné pendant ces trois siècles de persécutions atroces qui ont fait douze millions de martyrs ! Il était enchaîné encore pendant la longue période des hérésies sans cesse renaissantes, qui ont déchiré le sein de l'Eglise de Constantin à Mahomet ! Il était enchaîné toujours quand le cimeterre du musulman anéantissait le christianisme en Asie et en Afrique et ne lui laissait plus que les deux tiers de l'Europe ; quand les deux schismes d'Orient et d'Occident réduisaient le catholicisme à ne régner que sur quatre nations ; et quand le mouvement révolutionnaire venait encore lui prendre ce peu qui lui restait ! Même depuis la mort de Jésus-Christ, Satan a régné en maître au moins sur les cinq sixièmes de l'univers, c'est-à-dire qu'il a toujours séduit l'immense majorité des habitants de la terre. C'est à peine si l'Eglise a vraiment régné sur la moitié de l'Europe pendant un ou deux siècles du moyen âge. Et l'on trouve que depuis le commencement de l'ère chrétienne le prince de ce monde a été enchaîné et n'a pas séduit les nations ! Mais qu'aurait-il donc fait s'il avait été déchaîné et s'il les avait séduites ! Il n'y aurait donc eu alors absolument personne pour le service de Dieu et de son Christ ! Ce sont là de pures impossibilités. Si Notre-Seigneur a dit : « *Nunc princeps hujus mundi ejicietur foràs,* c'est maintenant que le prince de ce monde va être jeté dehors », c'est parce que sa mort devait produire cet effet d'une manière virtuelle. Mais pour que l'enchaînement du démon devienne réellement effectif et que l'Eglise acquière le droit de régner sur l'univers avec son Epoux Jésus-Christ, il ne faut rien moins que deux mille ans de prières, de souffrances et de mérites de toute sorte de la part des chrétiens. Le Fils de Dieu a acheté sa royauté future sur le genre humain par une agonie, une passion et une mort qui ont été promptes sans doute, mais qui ont été aussi d'une intensité douloureuse, inconcevable pour nous. Or l'Eglise n'est pas de meilleure condition que le Fils unique du Père éternel, et elle doit donc dire comme saint Paul : « *Adimpleo ea quæ desunt passionum Christi in carne meâ,* j'ajoute ce qui manque à la passion

de Jésus-Christ par la mortification de ma chair. »
Elle a donc elle aussi à supporter son agonie, et
sa passion, et sa mort ; et il faut qu'elle compense
par la longueur de ses supplices ce qui leur manque
en intensité, parce qu'elle n'est pas susceptible de
souffrir ce qu'a souffert un Homme-Dieu dans un
si court espace de temps.

Mais nous oublions que c'est pour nous le moment de démontrer notre thèse, et non pas de
l'expliquer. Il faut donc nous hâter d'attaquer
notre troisième preuve, c'est-à-dire celle du règne
de Jésus-Christ qui doit suivre son triomphe sur
son grand ennemi.

Nous avons déjà vu l'Apocalypse annoncer un
nouveau règne pour Dieu et pour son Christ par
suite de la grande défaite de Satan. Mais ce n'est
pas le seul passage qui fasse mention de ce grand
événement. Nous le trouvons encore à la fin de
chaque récit sur les fléaux qui doivent être endurés
par l'Antéchrist et ses partisans.

Voici en effet ce que nous lisons à la fin du
chapitre XI : « Le second malheur est passé, et
voici que le troisième viendra bientôt. Le septième
ange sonna de la trompette ; et le ciel retentit de
grandes voix, qui disaient : *Le royaume de ce monde*
(c'est-à-dire celui de la terre, et non pas celui du
ciel ou de l'enfer) *est devenu le royaume de Notre-
Seigneur et de son Christ, et il régnera dans les
siècles des siècles. Amen.* Alors les vingt-quatre
vieillards qui sont assis sur leurs trônes devant

Dieu tombèrent sur leurs faces et adorèrent Dieu, disant : Nous vous rendons grâces, Seigneur Dieu tout-puissant, qui êtes, qui étiez, et qui devez venir, parce que vous avez saisi votre grande puissance, et que vous régnez. Les nations se sont irritées, et alors est arrivée votre colère, et le temps de juger les morts (c'est-à-dire de venger les martyrs), et de donner la récompense aux prophètes vos serviteurs, aux saints et à ceux qui craignent votre nom, aux petits et aux grands, et d'exterminer ceux qui ont corrompu la terre. Alors le temple de Dieu fut ouvert dans le ciel, et l'on vit l'arche de son alliance dans son temple; et *il se fit des éclairs, des voix, des tremblements de terre et une grosse grêle.* »

Voilà donc ce qui doit arriver à la fin des fléaux qui s'abattront sur l'empire de l'Antéchrist, à l'époque du tremblement de terre sans pareil coïncidant avec la grêle mortelle, et à la suite de la résurrection d'Hénoch et d'Elie, dont le récit précède immédiatement le texte précité. Le royaume *de ce monde* doit *devenir* le royaume de Notre-Seigneur et de son Christ. Il s'agit donc évidemment d'une royauté relative à la terre, car ni l'enfer ni le ciel n'ont jamais été appelés *ce monde*. Cette royauté doit *commencer* à la mort de l'Antéchrist, car c'est seulement alors que le royaume de ce monde doit *devenir* le royaume de Notre-Seigneur et de son Christ; c'est qu'en effet, depuis la création jusqu'à cette époque, la terre n'aura été,

à part de très rares et de très courtes exceptions,
que le royaume de Satan. Or cette royauté objectivement terrestre de Jésus-Christ doit durer *des*
siècles de siècles, c'est-à-dire un temps extrêmement
long mais indéfini. On aurait bien tort de croire
que le terme *de mille ans,* employé à la fin de
l'Apocalypse pour exprimer la durée du monde
qui suivra le règne de l'Antéchrist, se trouve en
contradiction avec l'expression présente ; car il
n'y a pas un seul interprète de l'Ecriture qui ne
voie dans l'une et dans l'autre une simple figure
de rhétorique en vertu de laquelle un nombre
déterminé désigne simplement une quantité indéfinie. Que l'Apocalypse parle de mille ans ou de
plusieurs siècles de siècles, c'est toujours la même
chose qu'elle entend, c'est-à-dire une durée très
longue mais indéterminée.

Avant de passer à un autre livre de l'Ecriture,
nous ferons remarquer que celui-ci mentionne
encore l'inauguration du même règne de Dieu sur
la terre entre le récit de la fin de Babylone et celui
de la mort de l'Antéchrist. Ainsi nous lisons au
chapitre XIX : « J'entendis encore la voix d'une
grande multitude, comme la voix de grandes eaux,
et comme de grands coups de tonnerre, qui disaient :
Alleluia ; *il règne*, le Seigneur notre Dieu, le Tout-
Puissant. Réjouissons-nous, tressaillons d'allégresse, et donnons-lui la gloire, parce qu'elles sont
venues les noces de l'Agneau, et que son épouse
s'y est préparée. » Le mariage mystique entre

Jésus-Christ et son Eglise date de la naissance même de celle-ci ; mais *les noces* de ce mariage, mais le couronnement solennel de la reine du monde, mais les réjouissances célestes qui lui conviennent, auront été différées pour cause de souffrances et de deuils de toute sorte jusqu'à l'heure du triomphe définitif. Mais voici le prophète Daniel qui va nous présenter le couronnement céleste du nouveau roi de l'univers [1].

« Je regardais attentivement, et des trônes furent placés, et l'Ancien des jours s'assit ; son vêtement était blanc comme la neige, et les cheveux de sa tête étaient comme la laine la plus pure ; son trône était de flammes ardentes, et les roues de ce trône un feu brûlant. Un fleuve de feu et rapide sortait de devant sa face ; un million d'anges le servaient et mille millions assistaient devant lui ; le jugement se tint et les livres furent ouverts. Je regardais attentivement, à cause du bruit des grandes paroles que prononçait cette corne (l'Antéchrist, de l'aveu unanime des interprètes) ; et je vis que la bête avait été tuée, et que son corps avait été détruit, et qu'il avait été livré au feu pour être brûlé (jeté vivant en enfer).

« Je vis aussi que la puissance des autres bêtes leur avait été ôtée, et que la durée de leur vie leur avait été marquée jusqu'à un temps et un temps. Je considérais donc cela dans ma vision de

1. Dan., vii, 9.

la nuit, *et je vis comme le Fils de l'homme qui venait avec les nuées du ciel* (après son triomphe sur l'Antéchrist) *et qui s'avança jusqu'à l'Ancien des jours* ; *et on le présenta devant lui*, *et il lui donna la puissance, l'honneur et la royauté* (Jésus-Christ avait donc été jusque-là comme entièrement dépourvu de puissance, d'honneur et de royauté) ; *et tous les peuples*, *toutes les tribus et toutes les langues le serviront* ; sa puissance est une puissance éternelle, qui ne lui sera point ôtée, et son royaume ne sera jamais détruit. »

Comment s'arrangent les commentateurs de l'Écriture pour concilier cette nouvelle royauté de Jésus-Christ avec leur système sur la fin de l'univers suivant immédiatement, ou à peu près, la mort de ce grand ennemi de Dieu ? Nous avons vu comment ils procédaient au sujet des mille ans de règne des martyrs de l'Antéchrist et de l'enchaînement du démon : le règne de ces martyrs ne pouvant se placer, dans leur doctrine, ni avant ni après le règne de leur persécuteur, ils trouvent tout simple de le nier, même en faisant subir au texte toute sorte de violences impossibles et en prêtant à l'aigle de Pathmos une vision sans objet. Quant à l'enchaînement de Satan, comme ils ne peuvent ni le dissimuler... nous allions dire *l'escamoter*, ni le rejeter après la fin de l'univers, ils lui assignent les siècles passés de l'Église, où le démon a régné, triomphé et commandé dans le monde presque autant que jamais.

Mais la prophétie de Daniel est beaucoup plus

gênante pour eux, que les prédictions de l'Apocalypse sur les martyrs de l'Antéchrist et l'emprisonnement du démon. Ici, il n'y a plus moyen de nier là royauté glorieuse de Jésus-Christ, parce qu'elle est exprimée d'une manière trop formelle ; on ne peut pas davantage lui assigner les temps qui auront précédé l'Antéchrist, parce qu'elle doit commencer précisément à l'occasion de sa mort ; c'est encore une vérité des plus formelles et des plus unanimement reconnues. Que faire donc ? Il ne reste plus d'autre parti à prendre pour eux que de voir là une royauté purement céleste, s'exerçant après la fin du monde durant l'éternité. Seulement cette interprétation a le tort d'être tout à fait inadmissible pour une foule de motifs.

Et en effet, depuis son ascension dans le ciel Jésus-Christ règne sur les anges et sur les saints d'une manière complète et absolue, autant qu'il puisse le faire soit après la mort de l'Antéchrist, soit après la résurrection générale et durant toute l'éternité. Il est vrai que plus nous approcherons de la fin du monde, plus le ciel sera peuplé, et, par conséquent, plus les sujets de Notre-Seigneur seront nombreux. Mais un tel changement ne constitue qu'un simple progrès perpétuel dans le pouvoir objectif du Fils de Dieu ; par conséquent, s'il ne s'agissait que d'une royauté céleste, il serait impossible de dire que précisément à la mort de l'Antéchrist, à l'exclusion de toute autre époque, le divin Sauveur recevra « une puissance, un hon-

neur et une royauté » dont il n'aura pas joui pré-
cédemment. *Ayant toujours été roi dans le ciel*
depuis qu'il y est entré par son ascension glorieuse,
il ne pourra certainement pas *le devenir* à la fin
du monde. Mais comme jusqu'à la mort de l'Antéchrist ce sera Satan qui aura toujours régné sur
l'immense majorité des habitants de la terre, le
Fils de Dieu pourra recevoir alors une royauté
nouvelle à condition d'être reconnu comme le vrai
maître par le monde entier à la place du démon.
Ce sera donc, selon l'expression de l'Apocalypse,
le royaume de ce monde, et non pas celui du ciel,
*qui deviendra alors le royaume de Notre-Seigneur
et de son Christ.*

Remarquons, en second lieu, que le prophète
Daniel explique lui-même qu'il s'agit d'une royauté
terrestre et en donne plusieurs preuves. Ainsi,
après avoir dit : « Il lui donna la puissance, l'honneur et la royauté », il montre bien de quelle
manière cela aura lieu, en disant aussitôt après :
« Et tous les peuples, toutes les tribus et toutes les
langues le serviront. » Peut-on faire dire au prophète que Jésus-Christ « sera servi de tous les
peuples, de toutes les tribus et de toutes les
langues » dans le ciel et non pas sur la terre ? Mais
il serait vraiment ridicule de supposer qu'il peut
y avoir dans le séjour céleste une distinction de
peuples, de tribus et de langues ? Se représente-t-on
les bienheureux divisés en Anglais, en Français,
en Allemands, subdivisés en Lorrains, en Gascons,

en Bavarois, et parlant tous leur idiome d'ici-bas ?
Et d'ailleurs, il n'est pas possible que la totalité
des peuples, des tribus et des langues soit jamais
dans le paradis, parce que depuis le commencement jusqu'à la mort de l'Antéchrist la plus grande
partie des hommes sera entrée dans l'enfer.

Mais voici une nouvelle preuve du caractère terrestre de cette domination de Jésus-Christ. Quand
le prophète a raconté sa vision par le texte cité plus
haut, il nous l'explique lui-même en ces termes :
« Mais le jugement se tiendra ensuite afin que la
puissance lui soit ôtée (à l'Antéchrist), qu'elle soit
entièrement détruite, et qu'elle périsse pour jamais,
et *qu'en même temps la royauté, la puissance et
l'étendue de l'empire de tout ce qui est sous le ciel
soit donnée au peuple des saints du Très-Haut* ; car
son royaume est un royaume éternel, et tous les
rois le serviront et lui obéiront... Les saints du
Très-Haut recevront la royauté et ils régneront
jusqu'à un siècle et un siècle de siècles. » Voilà
donc en quoi consistera la royauté du Fils de Dieu :
en ce que « l'empire de tout ce qui est sous le ciel »,
c'est-à-dire de toute la terre, selon l'aveu unanime
des commentateurs, « soit donné au peuple des
saints du Très-Haut », autrement dit à l'Église mi-
litante, car c'est elle seule que l'Écriture désigne
et peut désigner de la sorte ; d'ailleurs, ce ne sont
ni les bienheureux ni les âmes du purgatoire qui
peuvent posséder l'empire de tout ce qui est *sous le
ciel,* c'est-à-dire sur la terre. Par conséquent, la

royauté reçue par Notre-Seigneur à la mort de l'Antéchrist étant une royauté nouvelle pour lui, consistant dans la soumission envers lui de tous les
peuples, de toutes les tribus et de toutes les langues de la terre, et se confondant en outre avec un
règne de l'Eglise ayant pour objet l'étendue de tout
ce qui est sous le ciel, cette royauté sera nécessairement terrestre, et non pas céleste comme le veulent les commentateurs. Combien de temps durera-
t-elle ? Daniel dit tantôt « un siècle et un siècle de
siècles », ce qui ferait dix mille ans, tantôt à perpétuité, c'est-à-dire tant qu'il y aura un univers :
toutes ces expressions supposent une durée très
longue, mais aucune n'exprime en réalité un nombre
bre de siècles précis et déterminé.

Mais nous avons encore à fournir une nouvelle
preuve de notre thèse, tirée de la destinée future
du peuple juif. Voici en effet ce que nous lisons
dans Ezéchiel [1] :

« C'est pourquoi vous direz à la maison d'Israël :
Voici ce que dit le Seigneur Dieu : ce n'est pas pour
vous, maison d'Israël, que je ferai ceci, mais pour
l'honneur de mon saint nom que vous avez désho-
noré parmi les nations où vous étiez allés... Je vous
retirerai d'entre les peuples, je vous rassemblerai
de tous les pays, et je vous ramènerai dans votre
terre. Je répandrai sur vous de l'eau pure, et vous
serez purifiés de toutes vos souillures et je vous
purifierai de toutes vos idoles. Je *vous donnerai un*

1. Ezech., xxxvi, 22.

cœur nouveau, et je mettrai un esprit nouveau au milieu de vous ; j'ôterai le cœur de pierre de votre chair, et je vous donnerai un cœur de chair. Je mettrai mon esprit au milieu de vous ; *je ferai que vous marcherez dans mes préceptes, que vous garderez mes lois et que vous les pratiquerez. Vous habiterez dans la terre que j'ai donnée à vos pères : vous serez mon peuple, et moi je serai votre Dieu. Je vous délivrerai de toutes vos souillures.* »

Il s'agit certainement dans ce passage de la conversion des Juifs et de leur retour dans la Palestine, événements qui commencent à peine à se réaliser. Eh bien, nous allons voir au chapitre suivant si cet état doit durer un très petit nombre d'années, comme le veulent les commentateurs de l'Ecriture, ou si au contraire il ne doit pas se prolonger pendant un temps indéfini. Nous lisons ceci à partir du verset 22 : « Voici ce que dit le Seigneur Dieu : Je vais prendre les enfants d'Israël du milieu des nations où ils étaient allés ; je les rassemblerai de toute part ; je les ramènerai en leur pays, et je n'en ferai plus qu'un seul peuple dans leurs terres et sur les montagnes d'Israël : il n'y aura plus qu'un seul roi qui les commandera tous ; et à l'avenir ils ne seront plus divisés en deux peuples ni en deux royaumes. Ils ne se souilleront plus à l'avenir par leurs idoles, par leurs abominations et par toutes leurs iniquités ; je les retirerai sains et saufs de tous les lieux où ils avaient péché, et je les purifierai : et ils seront mon peuple, et je serai leur Dieu.

« Mon serviteur David régnera sur eux ; ils n'auront plus tous qu'un seul pasteur : ils marcheront dans mes ordonnances ; ils garderont mes commandements et ils les pratiqueront. Ils habiteront sur la terre que j'ai donnée à mon serviteur Jacob, que vos pères ont habitée ; ils l'habiteront, eux et leurs enfants et les enfants de leurs enfants, *jusqu'à jamais*, et *mon serviteur David sera leur prince pour toujours*. Je ferai avec eux une alliance de paix ; *mon alliance avec eux sera éternelle* ; je les établirai sur un ferme fondement ; je les multiplierai, et j'établirai *pour jamais* mon sanctuaire au milieu d'eux. Mon tabernacle sera chez eux : je serai leur Dieu, et ils seront mon peuple. Et les nations sauront que c'est moi qui suis le Seigneur et le sanctificateur d'Israël lorsque mon sanctuaire se conservera au milieu d'eux à *perpétuité*. »

Voilà donc Ezéchiel répétant jusqu'à *cinq fois* que l'état des Juifs convertis et rentrés dans leur patrie doit durer à *jamais, pour toujours, éternellement*, à *perpétuité*. On nous accordera bien que de telles expressions supposent nécessairement une très longue durée, et seraient tout à fait dérisoires si elles s'appliquaient à un très court espace de temps. Nous pouvons donc conclure de là qu'il y a encore de longs siècles à passer d'ici à la fin de l'univers, et même après le règne de l'Antéchrist. Et en effet le chapitre suivant du même prophète nous montre ce grand ennemi de Dieu sous le nom de Gog envahissant la Palestine au moment où les

Juifs convertis *commencent à peine à l'habiter :*
« ut inferas manum tuam super populum, qui est
congregatus ex gentibus, qui *possidere cœpit,* et
esse habitator umbilici terræ. »

Mais, comme on peut le penser, tel n'est pas
l'avis des commentateurs de l'Ecriture, qui s'ac-
cordent tous pour soutenir que les Juifs n'embras-
seront le christianisme que pour très peu de temps
et seulement à la fin de l'univers. Il est vrai qu'il
y a au moins vingt prophéties sacrées qui annoncent le contraire. Mais à quoi bon ? Autant les Juifs
se sont aveuglés jusqu'ici sur toutes les prédictions
de l'Ancien Testament relatives au Messie, autant
les chrétiens en général ont fermé toujours les
yeux sur les passages de l'Ecriture qui promettent
à ce peuple un état religieux des plus parfaits,
une adhésion au christianisme infiniment longue et
bien supérieure à celle de toutes les nations. Aussi
nous serions presque tenté de dire, en faisant allusion au mot de M. de Maistre sur l'histoire moderne, que les commentaires classiques d'une foule
de passages des Livres saints ne sont autre chose
qu'une conspiration permanente contre leur véritable signification. Nous en avons déjà vu bien
des exemples : en voici un autre au sujet de la
prophétie que nous venons de rapporter.

Pour Cornélius, Ménochius et tous les autres, le
texte précité ne se rapporte nullement au peuple
juif ; c'est tout simplement aux chrétiens en général, c'est-à-dire aux divers membres de l'Eglise

« qui sont les vrais enfants d'Israël »; et c'est ainsi que l'on procède pour tous les passages de l'Ecriture qui se rapportent à la conversion du peuple de Dieu. Mais enfin, voyez donc comment s'exprime le prophète : « Voici ce que dit le Seigneur : *Je vais prendre les enfants d'Israël du milieu des nations où ils étaient allés ; je les rassemblerai de toutes parts ; je les ramènerai en leur pays, et je n'en ferai plus qu'un seul peuple dans leurs terres et sur les montagnes d'Israël; il n'y aura plus qu'un* seul roi qui les commandera tous ; et *à l'avenir ils ne seront plus divisés en deux peuples, ni en deux royaumes.* » Et vous voulez appliquer de telles paroles aux chrétiens en général, à l'exclusion des vrais Juifs ! et vous dites, vous, Ménochius : « *Je n'en ferai qu'un peuple,* c'est-à-dire un seul peuple où il n'y ait pas de distinction de Juif et de Gentil; sur *les montagnes d'Israël,* c'est-à-dire *dans l'Eglise catholique,* qui, placée sur une montagne, ne pourra pas être cachée ! » Mais il n'y a pas une seule de ces paroles qui puisse s'appliquer à l'Eglise tout entière. On ne peut pas dire que les chrétiens en général « sont allés au milieu des nations », puisque ce sont eux-mêmes qui constituent la gentilité. Il n'est pas moins impossible de dire que tous les membres de l'Eglise « *seront rassemblés de toute part et ramenés dans leur pays, c'est-à-dire sur les montagnes d'Israël* »; car il n'y a que les Juifs qui soient dispersés en tous lieux, en dehors de leur pays, c'est-à-dire de la Palestine. Et puis, est-ce que les chrétiens en général ont été jamais « divisés en deux peuples et en deux royaumes ? »

Oui, ce sont les Juifs proprement dits, et non pas des chrétiens quelconques qui sont l'objet de cette prophétie ; car, d'un bout à l'autre du texte que nous avons cité, toutes les phrases ont absolument le même sujet, et les trois quarts d'entre elles ne peuvent s'appliquer à personne plus qu'à la postérité réelle de Jacob. Il s'ensuit donc que, de la conversion de ce peuple à la fin de l'univers, il y aura certainement un espace très considérable et indéfini.

CHAPITRE VII

NOUVELLE DÉMONSTRATION DU RÈGNE DE L'ÉGLISE PAR SA PROPRE DESTINÉE ET PAR CELLE DU PEUPLE JUIF.

La future domination universelle de l'Eglise ne se prouve pas seulement par l'enchaînement du démon et le règne de Jésus-Christ qui doivent suivre la mort de l'Antéchrist ; elle se démontre encore directement par la raison et plusieurs textes formels de l'Ecriture, et indirectement par la destinée religieuse du peuple juif.

La raison demande d'abord qu'il y ait une certaine proportion entre les causes et leurs effets, et Dieu doit bien aimer cette proportion, puisqu'il est infiniment sage et que, d'après les Livres saints, « il a tout disposé avec nombre, poids et mesure. » Or si l'univers devait bientôt périr, ou continuer de vivre comme il l'a fait jusqu'ici, on ne pourrait s'empêcher de constater une énorme disproportion entre les principes et les résultats du salut des hommes.

« *Omnia propter electos*, a dit saint Paul, tout est pour les élus. » Par conséquent, s'il y a un ciel et une terre, s'il y a une infinité de plantes et d'animaux, *s'il y a une multitude de réprouvés victimes d'un enfer éternel*, et si le Fils même de Dieu est venu ici-bas souffrir des tourments tout à fait inconcevables, tout cela, c'est uniquement pour la production des élus : *Omnia propter electos*. Or, depuis six mille ans que le monde existe, les hommes sauvés ont été relativement si peu nombreux qu'ils ne comptent presque pas. Pendant les quarante premiers siècles la quantité des élus a été vraiment insignifiante. Depuis l'Incarnation elle a été sans doute plus considérable, et cependant il résulte d'une statistique récente très sérieuse que, sur soixante-dix milliards de personnes ayant vu le jour dans les dix-neuf siècles de christianisme, le nombre des bienheureux n'a guère été que de trois milliards ou à peu près. Tout le reste a été victime ou de l'incrédulité, ou des schismes, ou des hérésies, ou d'une vie défectueuse en plein catholicisme. Et c'est après un tel résultat que l'œuvre de la Rédemption serait terminée, comme le veulent les partisans de la fin prochaine de l'univers ! Ce seraient là toutes les conséquences d'une bonté et d'une puissance sans bornes ! Pour notre part, nous croyons qu'il serait beaucoup plus vraisemblable de supposer que la rédemption réelle, effective et proprement dite n'est pas même commencée, tant il y a de disproportion entre la grandeur des causes premières et secondes de notre salut et la petitesse des effets obtenus jusqu'ici.

Or, ce que nous montre la raison à ce propos, les saintes Ecritures le confirment parfaitement.

Voyons en effet ce que nous dit Jésus-Christ, au sujet de la publication universelle de l'Evangile et des autres signes de son glorieux avènement : « Quand ces choses commenceront à arriver, regardez et levez la tête, *parce que votre rédemption approche*. Il leur proposa ensuite cette comparaison : Voyez le figuier et les autres arbres. Quand ils commencent à pousser vous reconnaissez que l'été est proche. Eh bien, lorsque vous verrez arriver ces choses, sachez *de même* que le règne de Dieu n'est pas loin. »

D'après les commentateurs de l'Ecriture ces paroles voudraient dire ceci : « Quand vous verrez ces choses arriver, sachez que vous aurez bientôt les peines et les récompenses célestes du martyre. » Telle est l'explication qu'ils ont dû inventer de ce passage, pour ne pas renoncer à leur système sur la connexion de la fin de l'univers avec le règne de l'Antéchrist : pour eux, la rédemption et le règne de Dieu dont il s'agit ici ne sont autre chose que la possession du ciel. C'est d'ailleurs par suite du même système, ou à peu près, qu'on donne une explication identique de cette demande du *Pater* : « Que votre règne arrive, *adveniat regnum tuum*. » C'est toujours le ciel que nous sommes censés demander, comme si le règne céleste de Dieu n'était pas éternel et avait besoin d'*arriver*.

Cependant il faudrait d'abord remarquer que le

bonheur du paradis est un pur effet de notre
rédemption, et non pas cette rédemption elle-même,
car nous ne sommes rachetés de l'esclavage du
démon qu'au moment où nous acquérons la grâce
sanctifiante, parce qu'elle seule nous enlève le
péché mortel qui nous rend la propriété de Satan.
En second lieu, il s'agit d'une rédemption et d'un
règne de Dieu qui *s'approchent* des hommes et vont
au-devant d'eux. Or le ciel est immuable, et c'est
aux hommes à s'en approcher s'ils veulent y aller.
Troisièmement enfin, la comparaison employée par
Jésus-Christ prouve qu'il s'agit d'époques religieuses opposées entre elles comme la fin de l'hiver,
époque de souffrances et de privations, est opposée
à l'été, qui est un temps d'abondance et de plaisirs.
« Il leur proposa cette *comparaison*. Voyez le figuier
et les autres arbres. Quand ils commencent à pousser, vous reconnaissez que l'été approche. Eh bien,
lorsque vous verrez arriver ces choses, sachez de
même (*ita*) que le règne de Dieu n'est pas loin. »
Ainsi donc, les épreuves exceptionnelles qu'auront
à subir les chrétiens avant et pendant le règne de
l'Antéchrist seront une fin d'hiver, c'est-à-dire de
mauvaise saison; et elles annonceront une époque
belle, agréable et abondante en fruits religieux, de
la même manière et avec la même certitude que la
fin de l'hiver présage l'approche de l'été. Or le ciel
n'a aucun rapport avec les variations périodiques
de la terre. Par conséquent il s'agit ici d'une époque
de rédemption et de règne de Dieu comme il n'y en

a pas eu auparavant sur la terre. Quand le prophète Daniel parle des suites de la victoire de saint Michel sur le démon et l'Antéchrist, il dit : « Il viendra alors un temps tel qu'il n'y en aura point eu de semblable depuis que les peuples sont établis jusqu'alors. Ce sera là *un temps de salut*. » Eh bien, voilà le vrai sens des paroles de Jésus-Christ, qui se rapportent à la même époque : « Quand vous verrez ces choses arriver, regardez-les bien et levez la tête (d'espoir, au lieu de l'abaisser par l'effet de la crainte et de la tristesse), parce que le vrai temps de la rédemption approche pour vous tous, et que Dieu est à la veille de substituer son règne et celui de l'Eglise à celui du Monde et de Satan. » D'ailleurs, si Notre-Seigneur avait voulu encourager les martyrs de la grande persécution par la pensée du ciel, il aurait bien su le faire avec beaucoup plus de force et de clarté, tout en parlant plus brièvement. Il n'y a qu'à se rappeler les Béatitudes du Sermon sur la Montagne.

Mais passons de l'Evangile à l'Ancien Testament et examinons ces paroles du prophète Zacharie : « Le Seigneur sera roi sur toute la terre ; *en ce jour-là il n'y aura qu'un seul Seigneur* et il n'y aura pas d'autre nom (de divinité) que le sien [1]. »

Il résulte évidemment de cette prédiction qu'il viendra un temps où le vrai Dieu régnera sur la terre entière à *l'exclusion de toute fausse divinité*,

1. Zach., xiv.

de manière qu'il n'y aura pas même d'autre nom divin que le sien. C'est là une preuve des plus formelles que l'on puisse trouver en faveur de la future domination universelle de Jésus-Christ et de l'Eglise. Il n'est pas même possible de chicaner au sujet de ses termes, comme le font les pessimistes à propos de la suivante, que nous empruntons au roi-prophète.

Voici en effet ce que nous lisons au sujet de Jésus-Christ dans le psaume LXXI : « *Tous* les rois de la terre l'adoreront; *toutes* les nations le serviront; *toutes* les tribus de la terre seront bénies en lui; *toutes* les nations le glorifieront; *toute* la terre sera remplie de sa majesté. »

Voilà un texte qui doit paraître bien clair à des hommes sans parti-pris; mais les partisans de la fin prochaine du monde préfèrent bien le dénaturer entièrement que renoncer à leur système : ils se mettent donc à l'altérer, tantôt par soustraction et tantôt par addition.

Il y en a qui disent : « *Tous* est employé ici pour quelques-uns: c'est donc comme s'il y avait simplement : des rois et des peuples. » Mais il nous semble que le mot *tous* n'a jamais été pris pour une redondance, et qu'il est de son essence même d'avoir une certaine portée. On cite, il est vrai, certains passages de l'Ecriture où ce terme est employé, comme dans d'autres livres, sans pouvoir être pris dans un sens absolu; mais on n'en citera jamais un seul d'autorisé où il n'exprime pour le moins une totalité relative, c'est-à-dire approximative. Or on n'a jamais regardé une simple minorité comme une totalité quelconque; c'est seulement une grande majorité qui peut être qualifiée d'universalité morale. Comment dire en effet, avec les partisans de la fin prochaine du monde, que Jésus-Christ a été servi par la totalité relative du genre humain, alors que le christianisme n'en a jamais embrassé plus de la quatrième partie? S'il était permis de parler de la sorte, on pourrait affirmer à bien plus forte raison tout le contraire, et soutenir par exemple que le Fils de Dieu a été jusqu'ici méconnu de tous les hommes, puisqu'il l'a été réellement par les trois quarts d'entre eux. Il est donc impossible de prétendre que le vrai Dieu ait été adoré jusqu'ici même par une totalité relative du genre humain.

Aussi on trouve des partisans de la même opinion qui cherchent à éluder ce texte et ceux qui lui ressemblent par un tout autre genre d'explication. C'est en substituant une universalité *successive* à la totalité *simultanée* qu'ils espèrent triompher de tous les obstacles. Ainsi, il faudrait dire, d'après eux, que Jésus-Christ ne doit être connu et servi de tous les rois, de toutes les tribus et de toutes les nations que d'une manière successive, bien plus, *que toute la terre doit être remplie successivement de sa majesté.* Mais l'histoire et le sens commun donnent un formel démenti à cette nouvelle interprétation. Et en effet l'Amérique, l'Afrique et l'Océanie ont été habitées par certains peuples et par un grand nombre de tribus qui ont eu le malheur de s'éteindre avant même d'entendre parler de l'Evangile. Quant aux rois, il en est mort certainement plusieurs centaines, et même des milliers en un sens, qui n'ont jamais professé le christianisme. Il s'ensuit donc que, si la prophétie devait s'entendre de la sorte, elle serait tout simplement erronée.

Pour qu'elle puisse s'accomplir il faut de toute nécessité l'interpréter ainsi : « *Il viendra un temps* où le vrai Dieu sera *simultanément* adoré de tous les rois, de toutes les nations et de toutes les tribus. » Mais que dire de cette phrase prêtée par nos adversaires au roi-prophète : « Toute la terre sera *successivement remplie* de sa majesté ? » Est-ce que deux mots pareils ne hurlent pas, comme on dit, d'être appliqués au même objet ? Pour qu'une chose soit remplie il faut évidemment qu'aucune de ses parties ne soit vide, et pour que ses parties ne soient pleines que successivement il faut qu'il y en ait de vides sans discontinuer. Si on pouvait *remplir successivement* n'importe quoi, il suffirait de quelques gouttes de vin pour en garnir un immense tonneau ; on n'aurait qu'à les agiter jusqu'à ce qu'elles en eussent parcouru toutes les parties.

Voici maintenant une nouvelle preuve du futur règne universel de l'Eglise catholique tirée de l'Evangile. Jésus-Christ dit aux Juifs : « J'ai encore d'autres brebis qui ne sont pas de ce troupeau et il faut que je les amène ; elles entendront ma voix et il en résultera un seul troupeau et un seul pasteur, *fiet unum ovile et unus pastor* [1]. »

Le Sauveur ne dit pas que, malgré son appel à des brebis étrangères, le troupeau légitime, c'est-à-dire l'Eglise, restera unique comme auparavant; mais il annonce qu'il *se fera un seul troupeau, fiet unum ovile*. Il s'agit donc ici d'un fait nouveau par rapport à l'unité de l'Eglise. Or s'il devait toujours y avoir de fausses religions, ou des schismes, ou des hérésies, on ne pourrait jamais dire simplement que depuis la venue de Jésus-Christ il s'est fait un seul troupeau et un seul pasteur. Il faut donc attendre une époque où il n'y ait réellement qu'un seul Dieu adoré des hommes, et une seule Eglise avec un chef unique régnant sur l'univers entier.

Mais nous avons hâte de montrer cette domination du catholicisme dans toute la terre nécessairement impliquée dans la destinée religieuse du peuple juif. Il est vrai que de ce côté nous avons de grands préjugés à combattre, surtout depuis que M. Drumont a asséné sur cette race son fameux *pamphlet-pilon* en trois volumes intitulé : *La France juive*. Mais il importe d'autant plus de défendre les droits d'une nation que ceux-ci sont attaqués d'une manière plus injuste. Or tout l'ouvrage de M. Drumont se résume en deux thèses dont la seconde n'est d'un bout à l'autre qu'une pure contre-vérité. Tant qu'il se borne à dire que les Israélites

1. Joah., x, 16.

ont fait la conquête de la France comme les Normands celle de l'Angleterre, nous sommes parfaitement d'accord avec lui, parce qu'il apporte des preuves à l'appui de son affirmation, et parce qu'il montre bien que « venus pauvres, *il y a moins de cent ans*, dans un pays riche, ce sont les seuls riches aujourd'hui dans un pays pauvre. »

Mais pourquoi ce brillant pamphlétaire va-t-il consacrer tout un demi-volume à une prétendue *persécution juive* qui existe seulement dans son imagination ? Il y répète de mille manières que les Israélites nous ont fait perdre la foi et sont les auteurs de toute la guerre dirigée chez nous contre l'Eglise, et c'est précisément tout le contraire qui est vrai. Quand ils sont venus en France, — il y a moins de cent ans, comme il le dit lui même, en faisant commencer leur invasion en 1790, — nous étions déjà en pleine Révolution, c'est-à-dire en plein règne de l'impiété et d'une lutte satanique contre le catholicisme. Ils pourraient donc presque dire sur ce point avec l'agneau de la Fable :

Comment l'aurais-je fait si je n'étais pas né ?

Mais il est évident qu'ils seraient en droit de nous accuser à leur tour de leur avoir enlevé la foi à la religion mosaïque, car ils l'ont presque tous perdue uniquement depuis qu'ils se trouvent au milieu de nous. Dans tous les cas, pour un Juif de naissance qui persécute l'Eglise après avoir abandonné les croyances de ses pères, il y a au moins cinquante

Français qui en font autant après être passés par le baptême et par la première communion.

Mais ce n'est pas au sujet du passé qu'il nous importe souverainement de réfuter le livre de M. Drumont: c'est au sujet des destinées futures d'Israël en ce qui concerne l'Eglise catholique. Nous avons à prouver en effet que les Juifs se convertiront bientôt au catholicisme, qu'ils contribueront beaucoup au salut de l'Eglise de différentes manières, et qu'ils finiront par régner conjointement avec elle sur le monde entier pendant des milliers d'années. Or M. Drumont donne bien à entendre tout le contraire de ces diverses propositions, qui sont souverainement déplaisantes pour des antisémites comme lui.

Il dit en effet tout d'abord [1] : « La conversion des Juifs aux derniers temps est une tradition dans l'Eglise, mais elle n'a en aucune manière le caractère d'un article de foi. »

Mais, lui répondrons-nous, il y a bien des choses qui sont certaines, même en matière religieuse, sans être des articles de foi, et la future conversion du peuple de Dieu est précisément de ce nombre. Examinons en effet l'Epître de saint Paul aux Romains et nous trouverons cette vérité bien des fois affirmée d'une manière explicite ou implicite [2] : « Je ne veux pas, mes frères, que vous ignoriez ce mystère (afin que vous ne soyez pas sages à vos propres

1. *Devant l'opinion*, p. 32.
2. Rom., xi, 25.

yeux), c'est qu'une partie d'Israël est tombée dans l'aveuglement jusqu'à ce que la plénitude des gentils entrât et *qu'ainsi tout Israël fût sauvé,* selon qu'il est écrit : Il sortira de Sion un libérateur qui bannira l'impiété de Jacob... Dieu a *tout renfermé dans l'incrédulité pour faire miséricorde à tous.* » Il suffirait de lire ce chapitre en entier pour y trouver sept ou huit autres affirmations implicites du même fait. Mais d'ailleurs cette vérité est si claire qu'elle n'est révoquée en doute par aucun catholique, si ce n'est par M. Drumont ; or ce dernier, n'étant qu'un journaliste nouvellement converti, ne peut guère être pris pour une autorité en matière d'Ecriture sainte.

L'important est de montrer que nous sommes maintenant à la veille de cette conversion générale d'Israël. Jusqu'ici, elle a été impossible, parce qu'il y avait naguère encore une foule de nations qui ne pouvaient pas entrer dans l'Eglise, faute d'être évangélisées, et parce que le peuple de Dieu, ayant été le premier à repousser la bonne nouvelle, était condamné à ne la recevoir de nouveau qu'après l'évangélisation de toutes les tribus de la terre. Or aujourd'hui la « plénitude des nations » n'a qu'à vouloir pour embrasser le catholicisme, et toutes l'acceptent en effet d'une manière partielle. Aussi l'entrée des Israélites dans l'Eglise est déjà commencée d'une manière très remarquable. Qui n'a entendu parler des célèbres conversions de l'abbé Drach, du P. Hermann, des frères Leman et des frères Ratisbonne ? Ce sont là d'ardents ministres de l'Evangile et d'excellents apôtres pour leurs frères. L'abbé Drach disait naguère : « Depuis dix ans il s'est converti plus de Juifs que pendant deux siècles. » Au témoignage de Mgr Gaume [1], « dans quelques années, le P. Ratisbonne a baptisé de sa main plus de sept cents Juifs, et il a fondé l'Œuvre des Dames de Sion, Israélites converties, destinées à l'éducation catholique des jeunes Juives et se trouvant aujourd'hui au nombre de plusieurs centaines. »

Mais, selon le prophète Ezéchiel, la conversion du peuple de Dieu ne doit être générale qu'après son retour dans sa patrie [2] : « Oui, enfants d'Israël, je vous retirerai d'entre les nations, je vous rassemblerai de tous pays, et je *vous ramènerai dans votre terre*. Et je répandrai sur vous de l'eau pure (celle du baptême évidemment), et *vous serez purifiés de toutes vos souillures* et je vous purifierai de toutes vos idoles. Je vous donnerai un cœur nouveau et je mettrai un esprit nouveau au milieu de vous. — Voici ce que dit le Seigneur Dieu : Je vais prendre les enfants d'Israël du milieu des nations où ils étaient allés..... Je *les retirerai sains et saufs* (avis à M. Drumont) de tous les lieux où ils avaient péché, et je *les purifierai*, et ils seront mon peuple et je serai leur Dieu. »

Or, chose admirable, après dix-sept siècles et

---

1. *Où en sommes-nous ?* xxxi.
2. Ezech., xxxvi.

demi d'un exil très forcé et on ne peut plus doulou-
reux, les Juifs se voient précisément obligés de
rentrer en masse dans leur patrie.

Il y a à peine quatre-vingts ans, la Porte ne tolé-
rait que trois cents Israélites à Jérusalem. Depuis
quarante ans ce nombre était devenu illimité, mais
ils étaient rigoureusement tenus de résider dans un
quartier séparé. Depuis dix-huit ans ils possèdent
une liberté entière, et ils en profitent si bien que la
population de la Palestine a *doublé* depuis peu par
suite de leur immigration, et qu'en 1875 ils étaient
déjà treize mille à Jérusalem seulement. Dans cette
ville la valeur des terrains a été plus que décuplée
par leurs achats ; les Israélites allemands y possèdent jusqu'à vingt associations de charité. C'est que
les enfants d'Israël sont *naturellement* très désireux d'opérer leur retour en Palestine. « Le juif, dit
M. Drumont, a une patrie à laquelle il ne renonce
jamais, c'est Jérusalem, la sainte et mystique cité,
Jérusalem qui, triomphante ou persécutée, joyeuse
ou attristée, sert de lien à tous ses enfants qui
chaque année au Rosch Haschana se disent : L'an
prochain à Jérusalem ! — Nous sommes, affirment-
ils, dans une époque où chaque race a résolu de
revendiquer et d'avoir bien à elle son sol, son foyer,
sa langue et son temple. Il y a assez longtemps que
nous autres, Israélites, nous sommes dépossédés de
tout cela. *Nous voulons être une nation.* Comme nous
disons depuis des siècles dans nos jours de fête :
L'année prochaine à Jérusalem ! — D'un bout à l'autre

de l'univers, en Amérique comme en Abyssinie' Israël envoie des émissaires pour découvrir les débris des tribus perdues parmi lesquelles Gad et Joaddé ont complètement disparu [1]. »

On s'étonnera sans doute qu'avec de tels sentiments et la pleine liberté actuelle de rentrer dans leur patrie, la plupart des Juifs continuent encore à demeurer en Europe. Mais nous ferons remarquer que depuis un certain temps, la France, l'Allemagne, et les autres pays de l'Occident étaient devenus pour eux une véritable terre promise, et qu'ils étaient encore naguère à la plus belle époque de leur conquête. « Or aujourd'hui, dit M. Drumont, ils sentent que quelque chose se concerte entre les *chrétiens de tous les pays* qui pourrait être plus fort que l'Alliance israélite universelle. En Allemagne, en Russie, en Autriche-Hongrie, en Roumanie, en France même, où le mouvement est encore lent (c'était bien vrai avant l'apparition de la *France juive*, mais c'est tout le contraire maintenant), grands seigneurs, bourgeois, ouvriers intelligents, tout ce qui est d'origine chrétienne est d'accord sur ce point. L'*Alliance antisémitique universelle* est constituée et l'Alliance israélite universelle ne prévaudra point contre elle. »

Au mois de septembre 1886 il s'est tenu à Bucharest (Roumanie) un congrès antisémitique international, où les Juifs ont été reconnus « indignes de rester plus longtemps au milieu des peuples de

1. *La France juive*, tom. I, p. 41, 59.

l'Europe », et où l'on a émis le vœu *qu'en attendant leur expulsion* ils fussent exclus par chaque État et chaque commune de toutes les concessions ou fonctions salariées, et par chaque chrétien de toute vente et de tout achat. On peut donc dire que l'âge d'or de leur exil est maintenant fini. D'après M. Drumont, « rien ne peut donner une idée de la peur qu'inspire aux Rothschild le mouvement populaire qui se prépare. Ils sont admirablement informés de ce qui se passe de ce côté... Un ancien proscrit de juin recevait deux cents francs par mois de Rothschild pour envoyer un rapport chaque jour sur ce qui se disait et se préparait dans le monde socialiste... Ils se sont emparés de la préfecture de police [1]. »

Il est donc évident, quoi qu'en dise M. Drumont, que les Juifs ne seront pas assez naïfs pour se laisser prendre à l'improviste par la prochaine Commune. Quand le danger du pillage sera imminent, ils le sauront mieux que personne, ils liquideront leur prodigieuse fortune (chose très facile pour eux, dont presque tous les biens sont des valeurs de portefeuille), et ils prendront le chemin de la Palestine, non pas « en suivant les cigognes et en marchant dans les ronces » selon l'expression de M. de Biez, mais en se prélassant dans de moelleux coupés-lits et en se frottant les mains de plaisir. Et en effet, quand Paris sera inhabitable pour eux, ce

1. *Devant l'opinion*, p. 160.

qui arrivera bientôt, il le sera à peu près pour tout
le monde ; mais tandis qu'alors les Israélites retrou-
veront leur véritable patrie, nous autres, chrétiens,
nous perdrons plus ou moins la nôtre, sans pouvoir
la remplacer par quoi que ce soit dans ce bas
monde.

Or, le mouvement socialiste s'étend de plus en
plus dans tous les pays civilisés, et l'alliance antisémitique est universelle. Il faudra donc que les
Juifs quittent bientôt l'Europe pour sauver leurs
biens et leurs personnes, et qu'ils rentrent dans
leur patrie après un exil de tant de siècles. Eh bien,
selon la prophétie d'Ezéchiel, c'est là que Dieu les
attend pour les convertir en masse, parce qu'alors
ils ne seront plus sous le coup, ni de la fièvre des
affaires qui les empêche maintenant de réfléchir à
leur miraculeuse destinée, ni du scepticisme conta-
gieux de la société européenne.

Mais une fois que les Israélites seront devenus
chrétiens, seront-ils le salut de l'Eglise ? L'abbé
Leman l'a affirmé, et naturellement M. Drumont
est pour la négative. Pour nous, la vérité se trouve
entre les deux sentiments opposés. Nous croyons
en effet que les Juifs convertis rendront immédiatement un immense service au catholicisme, en
appelant le Souverain-Pontife à régner sur eux à
Jérusalem, et en lui rendant ainsi tous les avantages du pouvoir temporel, à une époque où il ne
trouverait pas même d'asile dans les Etats européens.

Voici ce que dit le prophète Ezéchiel, après avoir prédit leur retour en Palestine et à la vraie religion : « Je n'en ferai plus qu'un seul peuple dans les terres et sur les montagnes d'Israël, et il n'y aura plus qu'*un seul roi qui les commandera tous, et à l'avenir ils ne seront plus divisés en deux peuples ni en deux royaumes...* Et *mon serviteur David* sera leur roi, et ils n'auront plus tous qu'un seul pasteur... Et *mon serviteur David* sera leur prince pour toujours. »

Il ressort évidemment de ce texte que l'ancienne division entre le royaume de Juda et celui d'Israël doit être remplacée par une parfaite unité politique, permettant au peuple de Dieu d'être gouverné par un seul et même roi. Le Prophète montre qu'il y aura une étroite connexion, c'est-à-dire une relation de cause à effet, entre l'unité de royaume et l'unité de royauté. Or, si le roi dont il parle n'était autre que Jésus-Christ régnant dans le ciel, comme le veulent certains commentateurs de l'Ecriture, son unité n'empêcherait nullement les Juifs d'être divisés en deux royaumes. D'ailleurs, il répugne beaucoup que Dieu appelle simplement son Fils *mon serviteur David*, en le mettant ainsi pendant deux fois sur un pied d'égalité absolue avec un homme. Mais si cette expression convient infiniment peu à Jésus-Christ, elle répond, au contraire, parfaitement à tous les caractères du Souverain-Pontife. Et en effet tout pape est un David moralement immortel et capable de régner sur un peuple jusqu'à la fin du monde, car il possède à merveille tous les traits essentiels de David ; comme lui, il est saint et sacré ; comme lui, il est psalmiste en tant que pontife ; comme lui, il est prophète en tant que docteur infaillible de l'Eglise universelle.

Or, ce n'est pas seulement l'Ecriture qui nous montre la papauté transférée à Jérusalem une fois que cette ville sera en possession des Juifs convertis ; c'est encore la raison pour une foule de motifs.

Et, en effet, peut-on admettre que les Israélites, se trouvant réunis en masse dans leur patrie, tiennent à rester sous le joug ruineux et abrutissant de l'Empire turc ? Assurément non, car ce despotisme les empêcherait entièrement de jouir, non seulement de leur liberté, mais encore de leurs richesses. Partout où le Turc règne et gouverne, la terre est par le fait même inculte et désolée, et les villes sont en ruines. Or, le prophète Ezéchiel nous dit précisément de la Palestine rendue à ses anciens maîtres[1] : « Cette terre, qui était inculte, *est devenue un jardin de délices;* et les villes, qui étaient désertes, abandonnées et ruinées, sont rebâties et fortifiées. » Quelle sera la source d'une transformation qui sera un vrai miracle, eu égard à la profonde désolation actuelle de l'antique *Terre promise?* La cause première ne peut consister qu'en la miséricorde infinie de Dieu, appelant de nouveau son peuple d'élection à jouir de toutes les

1. Ezech., xxxvi.

faveurs temporelles et spirituelles, au moment
où dix-huit siècles d'exil lui ont fait expier le cruci-
fiement de Jésus-Christ, et où toutes les nations
deviennent à leur tour apostates et moralement
déicides. Quant à la cause seconde, elle réside tout
entière dans ces richesses prodigieuses que les Juifs
viennent de recueillir dans l'espace d'un siècle au
milieu de tous les peuples civilisés. Comment se
fait-il que des hommes relativement si peu nombreux aient fait en moins de cent ans une vraie
conquête financière de la France, de l'Europe et du
monde entier, et qu'ils aient pu accumuler dans
leurs mains, s'il faut en croire M. Drumont, *la
moitié du capital roulant de toute la terre?* Le
même M. Drumont crie au vol, et les Juifs invo-
quent leur habileté. Mais ni les uns ni les autres ne
possèdent le mot de l'énigme, parce qu'ils ne sont
pas allés le chercher dans les Prophètes où il se
trouve caché : ce mot-là, c'est tout simplement
celui de *conquête providentielle.*

Non, ce n'est pas à force d'habileté et de rapine
que la plupart des Israélites du monde entier sont
devenus archi-millionnaires *tout d'un coup,* aux
dépens des différentes nations; c'est uniquement
parce que Dieu, lassé de nos ingratitudes et touché
de compassion par dix-huit siècles de souffrances
indicibles, a voulu que son peuple, *conquis et dépouillé autrefois par la Gentilité,* fût à son tour notre
conquérant, et pût consacrer nos dépouilles à transformer en jardin de délices cette fameuse *terre pro-*

mise qui avait été changée par les ravages de l'étranger en véritable désert. Telle est l'unique raison d'être de l'enrichissement subit, universel et miraculeux du peuple juif. Dieu lui a fait reconquérir sur toute la Gentilité le capital que celle-ci lui avait enlevé par la conquête, et même, jusqu'à un certain point, les intérêts composés de ce capital. Avec les centaines de milliards ainsi accumulés dans leurs mains, ils n'auront qu'à vouloir pour acheter à la Turquie tous ses droits politiques sur la Palestine, et pour la transformer en véritable paradis terrestre dès qu'ils en seront les maîtres absolus. Mais une fois qu'ils pourront ainsi disposer de leur pays d'une manière complète, qu'ils seront dans toute la ferveur de nouveaux convertis, qu'ils verront le Chef de l'Eglise repoussé loin de Rome et de toute l'Europe par la Révolution, et qu'ils trouveront dans Ezéchiel le nouveau David destiné par Dieu à les gouverner, une fois que tant de motifs se réuniront pour les décider à la même détermination, il est évident qu'ils appelleront le Souverain-Pontife à venir régner sur eux à Jérusalem. Ce ne sera pas précisément là le salut de l'Eglise, mais ce sera toujours un immense service qui lui sera rendu grâce à eux, dans une époque souverainement difficile pour la religion; et ce sera loin d'être le dernier.

Jusqu'au règne de l'Antéchrist, les nouveaux maîtres de la Palestine réussiront parfaitement à éviter les griffes de tout conquérant, y compris même le colosse du Nord, en se procurant à prix d'or de nombreux et puissants alliés. Mais voici ce que nous lisons dans le prophète Ezéchiel à la suite des prédictions sur le rapatriement et la conversion du peuple juif [1] :

« Prépare-toi (ô Gog) et dispose-toi avec toute cette multitude qui a été rassemblée par toi, et mets-toi à sa tête... Tu viendras comme une tempête et comme un tourbillon pour couvrir la terre, toi, toutes tes troupes et plusieurs peuples avec toi... Tu chercheras à t'enrichir de dépouilles et à te soûler de butin, en portant la main *sur ce peuple qui aura été rassemblé d'entre les nations et qui aura commencé à posséder et à habiter le cœur de la terre...* Si tu as assemblé des troupes si nombreuses, c'est pour faire un grand butin, pour t'emparer de l'or, de l'argent, des meubles, de tout ce qu'il y a de précieux, et *pour piller des richesses infinies.* »

Ainsi donc la Palestine n'échappera pas aux ravages de l'Antéchrist ; elle en souffrira même plus que tout autre pays, à cause de la profonde piété de tous ses habitants en général. Ce sera alors que, d'après Jésus-Christ, « la tribulation sera grande, à tel point qu'il n'y aura jamais eu et qu'il n'y aura jamais la pareille depuis le commencement du monde jusqu'à la fin. » Quel sera à cette époque le sort du peuple de Dieu, c'est ce que va nous dire le

---

1. Ezech., XXXVIII.

prophète Zacharie [1]. « Ils se trouveront dans toute
la terre, dit le Seigneur ; deux parties y seront dis-
persées et y périront, et la troisième y demeurera.
(Voilà donc un nouvel exil et un prompt martyre
pour les deux tiers de la population.) Or, *cette troisième partie, je la ferai passer par le feu, je la brû-
lerai comme on brûle l'argent, et je l'éprouverai
comme on éprouve l'or.* (C'est donc le martyre très
lent et à petit feu qui est réservé à cette portion.)
Mon peuple m'invoquera et je l'exaucerai ; je lui
dirai : Tu es mon peuple, et lui me dira : Seigneur
mon Dieu. Voilà que *les jours du Seigneur viendront*
(c'est-à-dire l'avènement de Jésus-Christ), et l'on
partagera tes dépouilles au milieu de toi. J'assemblerai tous les peuples pour combattre Jérusalem ;
la ville sera prise, les maisons seront ruinées, les
femmes seront violées ; la moitié de la ville sera
emmenée captive, et le reste du peuple ne sera
point chassé de la ville. *Le Seigneur paraîtra ensuite et il combattra toutes les nations,* comme il a
fait au jour du combat. »

Que deviendront alors ces pauvres exilés qui seront passés par le feu d'un long martyre, qui auront été éprouvés comme l'or et brûlés comme
l'argent ? C'est ce que nous apprend en ces termes
le prophète Isaïe [2] : « Le Seigneur aura pitié de
Jacob, et il se réservera encore des enfants d'Israël,
et il les fera reposer de nouveau dans leur patrie ;

1. Zach., XIII.
2. Is., XIV.

les étrangers (qui les auront martyrisés) se join-
dront à eux (en esprit de réparation et de vénéra-
tion) et ils s'attacheront à la maison de Jacob. Les
peuples les prendront et les introduiront dans leur
pays, et la maison d'Israël aura ces peuples pour
serviteurs et pour servantes (évidemment volon-
taires) dans la terre du Seigneur; et c'est ainsi
qu'ils auront pour captifs ceux qui les avaient réduits en captivité et qu'ils s'assujettiront leurs
oppresseurs. » Ce qui prouve que ce texte se rapporte réellement à la fin du règne de l'Antéchrist,
c'est qu'il est immédiatement suivi par le passage
racontant la réception de celui-ci dans les enfers,
et qu'il est précédé de ces paroles : « Les étoiles du
ciel les plus éclatantes ne donneront plus leur lumière, le soleil à son lever se couvrira de ténèbres
et la lune cessera d'éclairer. »

Mais continuons de lire les merveilleuses destinées futures du peuple de Dieu au chapitre II du
même prophète : « Il y aura *dans les derniers temps*
une montagne qui sera la maison du Seigneur et
qui s'élèvera au-dessus de toutes les autres, *et
toutes les nations accourront à elle.* De nombreux
peuples y viendront et diront : Allons, montons à
la montagne du Seigneur et à la *maison du Dieu de
Jacob. Elle nous enseignera ses voies et nous marcherons dans ses sentiers; parce que la loi sortira de
Sion et la parole du Seigneur de Jérusalem, et elle
jugera les nations et reprendra beaucoup de peuples.*
Ils changeront leurs épées en socs de charrue et

leurs lances en faux ; les nations ne lèveront plus
l'épée les unes contre les autres, et elles ne s'exerceront plus à combattre. »

Voilà une prophétie qui est d'une portée immense
et tout à fait incalculable, parce qu'elle nous présente en aussi peu de mots que possible toute l'histoire générale des Juifs, de l'Eglise et du monde
entier, pour un très grand nombre de siècles.

Et d'abord nous y voyons quel sera le rôle de
l'Eglise ou de la papauté à l'égard des différentes
nations de l'univers : elle en sera vraiment la reine
sous le rapport moral, car elle leur servira d'ar-
bitre, de juge, de précepteur et de législateur. « Elle
jugera les nations, reprendra beaucoup de peuples ;
elle enseignera les voies de Dieu et édictera des lois
universelles » (dans les limites de son pouvoir, bien
entendu). Et en effet tout catholique doit nécessairement reconnaitre qu'il s'agit ici de la papauté,
parce qu'elle seule est susceptible de remplir toutes
ces différentes conditions. Mais, d'un autre côté, si
le Chef de l'Eglise n'avait rien de commun avec
Jérusalem et le peuple juif, il serait bien impossible
d'appeler le Saint-Siège « *la maison du Dieu de
Jacob* » et de dire que « la loi *sortira de Sion et la
parole du Seigneur de Jérusalem.* » Il est évident
que ces mots : « maison du Dieu de Jacob, Sion et
Jérusalem », peuvent et doivent être pris pour synonymes du mot *Eglise*, à la seule condition que la
capitale de l'Eglise soit à Jérusalem et non pas à
Rome. Voilà donc une première preuve à l'appui

de cette vérité, c'est que le futur règne de l'Eglise
doit se confondre avec la future domination morale
des Juifs convertis sur l'univers entier, parce qu'il
y aura une identité perpétuelle entre leur roi et
leur capitale et le Chef, la capitale de l'Eglise. De
même que jusqu'ici le monde catholique a été gouverné par Rome et par l'Italie dans la personne de
presque tous les papes et de la plupart des cardi-
dinaux, de même l'univers entier, devenu profondément chrétien, sera soumis à l'autorité de Jérusalem
et de la Palestine, grâce à des Souverains-Pontifes
et à un Sacré Collège entièrement juifs ou à peu
près.

Nous avouons que ce sont là des idées bien nouvelles pour être acceptées tout d'un coup par des
catholiques plus ou moins habitués à croire que
Rome est destinée de droit divin à être le siège de
la papauté, et surtout pour des chrétiens aussi
remplis de haine et de mépris pour les Juifs que
M. Drumont et les lecteurs trop confiants de son
ouvrage. Mais en somme nous espérons qu'avec le
temps tout le monde finira par être sur ce point de
notre avis, parce qu'il n'y a aucune preuve sérieuse
montrant Rome comme destinée de droit divin pour
le Saint-Siège *à perpétuité,* et qu'il y a beaucoup de
raisons, au contraire, pour que Jérusalem, *habitée
par son peuple converti,* soit la capitale *normale* et
définitive de l'Eglise.

Et en effet nous ferons d'abord remarquer que le
mot de Jérusalem est mille fois employé dans les

saints Livres comme synonyme d'Eglise ; que cette
ville a été le siège du grand pontificat, le théâtre
de la Rédemption, le berceau de la vraie religion ;
qu'elle est enfin très souvent appelée par l'Ecriture
« la ville sainte, la cité de Dieu et l'image du ciel. »
En second lieu, nous avons prouvé que cette expression d'Ezéchiel : « Mon serviteur David sera leur
prince *pour toujours* », au sujet du futur roi temporel du peuple juif, peut uniquement s'appliquer
au Souverain-Pontife. Mais ce sont là des raisons
tout à fait secondaires en comparaison *du futur
privilège religieux* qui est annoncé par saint Paul
en faveur des enfants d'Israël. Voici en effet comment s'exprime l'Apôtre des nations dans son Epître
aux Romains [1] :

« Si leur péché est la richesse du monde, et leur
appauvrissement la richesse des Gentils, combien
plus encore leur plénitude !... Si leur perte est la
réconciliation du monde, que sera leur rappel sinon
une résurrection ? » Il résulte évidemment de là
que le peuple juif doit être un jour littéralement
comblé de biens spirituels, et que ses opulentes richesses en toute sorte de grâces auront pour effet
de rendre les nations moralement plus fortunées
que jamais : ce sera pour elles une véritable résurrection religieuse. Mais continuons notre examen
du passage de cette épître fameuse.

« Que si les prémices sont saintes, la masse l'est

---

[1] Rom., x.

aussi ; et si la racine est sainte, les rameaux aussi...
Si tu as été coupé de l'olivier sauvage, ta tige naturelle, et enté contre nature sur l'olivier franc, à
combien plus forte raison ceux qui sont les rameaux
naturels seront-ils entés sur leur propre olivier ! »
Saint Paul veut dire évidemment que malgré leur
déicide les Juifs sont toujours restés une race sainte
et les membres naturels de l'Eglise, tandis que les
nations sont par elles mêmes d'une nature profane
et sont les simples représentantes du monde. Aussi
l'Apôtre en conclut qu'ils rentreront dans le sacré
bercail à *bien plus forte raison* que les Gentils. Ils
seront donc privilégiés à l'avenir sous le rapport
religieux comme ils l'ont été dans le passé, car ils
n'ont pas cessé d'être comme leurs pères une race
sacrée et les représentants naturels de l'Eglise.
Mais nous allons trouver des affirmations encore
plus claires à ce sujet.

« *Selon l'élection ils sont très aimés à cause de
leurs pères, parce que les dons et la vocation de
Dieu sont sans repentir.* » Ainsi donc, malgré leur
déicide et leur incrédulité séculaire, ils sont toujours
au fond les bien-aimés de Dieu, et le Seigneur ne
regrette aucunement de les avoir comblés de dons
tout à fait exceptionnels et de leur avoir donné la
vocation spéciale d'être les représentants de son
Eglise. Voilà une vérité bien répugnante et en quelque sorte scandaleuse pour la Gentilité en général,
et surtout pour des ennemis particuliers de la race
juive comme M. Drumont. « Ce peuple *à la tête dure,*

dit-il, n'a jamais cru que sa mission fût terminée...
mais enfin elle est finie... Ce n'est qu'en torturant
et en faussant le sens de l'Epître de saint Paul aux
Romains qu'on peut faire dire à l'Apôtre des Gentils que les Juifs convertis domineront le monde. Il
n'est nulle part question dans les Pères de l'Eglise
d'une seconde vocation d'Israël... De ce qu'on a été
déicide, il ne s'ensuit pas qu'on ait le droit d'oppri-
mer à perpétuité des peuples qui n'ont pas crucifié
le bon Dieu. »

Tant que les nations ont été plus ou moins fidèles
à l'Eglise et qu'elles ont vu les Juifs s'obstiner dans
leur aveuglement religieux, elles ont toujours cru
qu'elles valaient naturellement beaucoup plus que
ces déicides, et elles se sont littéralement scanda-
lisées de la préférence que Dieu leur avait accordée
pendant une durée de deux mille ans. Mais aujour-
d'hui il est temps pour nous d'ouvrir les yeux et de
savoir reconnaître que nous sommes à notre tour
encore plus coupables que les Juifs. Et en effet si
ces derniers ont eu le tort de ne jamais accepter le
christianisme, nous commettons maintenant le
crime de l'apostasier, par un abus monstrueux de
dix-neuf siècles de grâces infiniment supérieures à
celles de la loi mosaïque. Il est vrai qu'ils ont fait
mourir Jésus-Christ et persécuté cruellement ses
disciples, mais l'Ecriture nous apprend « qu'ils
n'auraient jamais crucifié le Roi de gloire s'ils
l'avaient connu » ; nous au contraire, nous le connaissons très bien et nous ne laissons pas malgré

tout de le crucifier à notre tour, de l'aveu de M. Drumont [1] : « Je ne vois qu'une figure et c'est la seule que j'ai désiré vous montrer : *la figure du Christ insulté, couvert d'opprobres, déchiré par les épines, crucifié... Tel le Christ était à Jérusalem, tel il est à Paris. La Passion pour lui se reproduit sans cesse.* »

Voilà la vérité, et il faut avoir le courage de reconnaître que s'il en est ainsi, c'est uniquement notre faute et non pas celle des Juifs, parce que leur nombre est insignifiant par rapport au nôtre et que rien ne force cinq ou six millions de Français à se repaître de journaux antichrétiens, même en supposant, ce qui n'est pas vrai, que la mauvaise presse soit presque toute israélite.

Nous n'avons donc plus le droit de nous étonner des privilèges accordés par Dieu aux enfants d'Abraham, parce qu'en réalité ils valent naturellement mieux que nous. Aussi nous sommes bien forcés d'avouer, malgré tout ce qu'il en coûte à notre amour-propre, que Dieu a eu parfaitement raison de les préférer à tous les autres peuples pour en faire les représentants naturels de son Eglise. Ils le seront donc toujours à l'avenir, une fois qu'ils se seront convertis au catholicisme, pour une foule de motifs : d'abord, parce qu'il a plu au Seigneur de se faire d'eux un objet de prédilection et qu'il ne s'en repent aucunement; ensuite, parce

1. *La France juive*, tom. II, p. 55.

que, leurs pères ayant été des saints pendant que
les nôtres se souillaient de tous les crimes, ils ont
une espèce de *sainteté originelle*, au lieu que nous
avons nous-mêmes un second péché de naissance
comme enfants du Monde; et enfin, parce qu'ils
sont les rameaux naturels de l'Arbre du bien, c'est-
à-dire de l'Eglise, tandis que nous sommes les
branches de l'Arbre du mal ou de la Cité du démon.
Il y a donc beaucoup plus de raisons, comme le dit
saint Paul, pour leur rattachement à Jésus-Christ
que pour le nôtre; et par conséquent, si pendant dix-
neuf siècles l'Eglise a été séparée du peuple juif
et de Jérusalem pour être identifiée avec la Gentilité et avec Rome sa capitale, il n'y a eu là qu'un *fait
contre nature*, comme le dit saint Paul d'une manière très formelle : « Si tu as été coupé de l'olivier
sauvage, ta tige naturelle, et enté *contre nature* sur
l'olivier franc, à combien plus forte raison ceux qui
sont les rameaux naturels seront-ils entés sur leur
propre olivier ! » Mais un fait contre nature ne peut
pas toujours durer; il est essentiellement exception-
nel et provisoire; il faut que sa durée soit relativement assez courte et par conséquent bien inférieure
à celle de l'état normal. Voilà pourquoi nous allons
bientôt assister à la conversion générale du peuple
juif et à l'identification de la tête terrestre de l'Eglise
avec la sienne, c'est-à-dire du Saint-Siège avec
Jérusalem et du suprême gouvernement ecclésias-
tique avec la royauté d'Israël. Il est donc bien vrai,
quoi qu'en dise M. Drumont, que la mission des

Juifs est très loin d'être terminée, car ils sont destinés à régner moralement sur le monde entier par l'intermédiaire de l'Eglise. Cet auteur a beau les accuser « d'une véritable démence collective et d'une sorte de folie des grandeurs sévissant sur une race tout entière »; parce qu'ils espèrent être transformés « en phare des nations et élevés aux nobles fonctions de précepteurs de l'humanité » : ce sont des prophètes inspirés qui leur prédisent ces merveilleuses grandeurs, et il est écrit que « le monde passera, mais que la parole de Dieu ne passera point. »

Aussi voyez avec quel enthousiasme Isaïe célèbre la gloire de Jérusalem enfin identifiée avec l'Eglise après le règne de l'Antéchrist [1] :

« Lève-toi et illumine-toi, Jérusalem, parce que ta lumière est venue et que la gloire du Seigneur s'est levée sur toi... Les nations marcheront à ta lumière, et les rois à la splendeur qui s'élèvera sur toi... Les enfants des étrangers bâtiront tes murailles, et leurs rois seront tes serviteurs; car si je t'ai frappée dans mon indignation, j'ai eu pitié de toi au jour de ma réconciliation. Tes portes seront toujours ouvertes; elles ne seront fermées ni jour ni nuit, afin qu'on t'apporte les richesses des nations, et qu'on t'amène leurs rois. Car le peuple ou le royaume qui ne t'obéira pas, périra, et les nations seront réduites en désert. La gloire du Liban

---

1. Is. LX, 1.

viendra à toi, le sapin, le buis et le pin ensemble
pour orner mon sanctuaire, et je glorifierai la trace
de mes pieds. *Les enfants de ceux qui t'avaient
humiliée viendront se prosterner devant toi, et ceux
qui te décriaient adoreront la trace de tes pas, et
t'appelleront la Cité du Seigneur, la Sion du Saint
d'Israël.* Parce que tu as été abandonnée et exposée
à la haine, et que personne ne passait chez toi, je te
rendrai l'orgueil des siècles, la joie des générations
et des générations. Tu suceras le lait des nations,
tu seras nourrie à la mamelle des rois; et tu sauras
que je suis le Seigneur qui te sauve et le Fort de
Jacob qui te rachète. »

CHAPITRE VIII

CONCLUSIONS THÉORIQUES ET PRATIQUES

A partir de la mort de l'Antéchrist, le règne de Satan et du Monde, — après une durée approximative de six mille ans, — sera remplacé sur toute la terre par une domination indéfinie de Dieu, de Jésus-Christ, de l'Eglise et, très probablement, des Juifs convertis.

Ce règne consistera dans l'universalité de la vraie foi, c'est-à-dire de la foi catholique. On ne verra donc alors ni schismes, ni hérésies, ni fausses religions, ni professions d'incrédulité vraiment notables. Il n'y aura par conséquent, dans toute la force du terme, « qu'un seul troupeau et un seul pasteur » sous le rapport religieux, c'est-à-dire que l'Eglise catholique possèdera toutes les nations et toutes les tribus de la terre. Les hommes dépourvus de la vraie foi seront toujours pendant cette époque de pures exceptions.

Cet âge de l'humanité sera, selon l'expression de Daniel, un *temps de salut* sans pareil, ou, comme l'appelle Jésus-Christ, la période de la *rédemption* simplement dite. Aussi, tandis qu'auparavant les réprouvés auront toujours formé le grand nombre et les élus une infime minorité, les proportions seront alors dans un ordre inverse, car il y aura beaucoup plus de saints que de méchants.

C'est ce règne de Dieu, objectivement terrestre, que Jésus-Christ nous fait demander par ces paroles du *Pater :* « Que votre règne *arrive*, *adveniat regnum tuum*. » Tant qu'il ne sera pas venu, c'est son arrivée que nous solliciterons par cette prière, et dans la suite ce sera sa continuation.

L'universalité de la foi catholique jointe à la forme moderne des gouvernements donnera enfin la solution pratique de ce problème capital pour le sort du genre humain, — la pacification complète et perpétuelle de tous les peuples.

Qu'a-t-il manqué en effet aux nations de l'Europe occidentale pour n'être jamais en guerre entre elles-mêmes pendant des siècles de ferveur comme le douzième et le treizième ? Ce qui fait précisément notre malheur à l'époque actuelle, où la société est mauvaise dans son ensemble : c'est-à-dire le gouvernement des majorités, ou le régime représentatif. Eh bien, sous le règne de l'Eglise, — où la grande majorité dans toutes les nations sera profondément croyante et vertueuse, — l'autorité sera sans doute toujours entre les mains du grand nombre, — au lieu d'être livrée à la discrétion d'un seul maître héréditaire, tantôt bon et tantôt mauvais. Et en effet voici la prophétie que nous trouvons dans le psaume LXXI : « Que les montagnes reçoivent la paix pour le peuple, et les collines la justice... De son temps (sous le règne de Jésus-Christ) *s'élèvera la justice et l'abondance de la paix*, « orietur in diebus ejus justitia et abundantia pacis. »

Jusqu'à la mort de l'Antéchrist le monde aura toujours été en proie au terrible fléau de la guerre, soit civile, soit surtout internationale, pour un double motif : faute d'abord d'une volonté générale d'observer la justice, et faute encore d'un juge capable de trancher avec une parfaite autorité toutes les questions de droit particulier et universel. Eh bien, sous le règne de l'Eglise on possèdera ces deux avantages en même temps. L'esprit de justice sera général et ne manquera jamais aux dépositaires de l'autorité, parce que ceux-ci seront toujours les représentants du grand nombre; et le juge parfaitement reconnu et obéi de toutes les nations devenues catholiques sera tout trouvé dans le Chef de l'Eglise. Il y aura donc alors, selon le rêve de Henri IV, de Louis Veuillot et de bien d'autres, y compris même d'illustres protestants, une véritable *confédération des peuples présidée par le Souverain-Pontife*. Tel était en effet le vœu de Pitt et de Leibnitz : « Il faudrait, disait le premier, trouver de nouveau un lien qui nous unisse tous. Seul le Pape saurait former ce lien. — Selon moi, écrivait de son côté le philosophe de l'Allemagne, l'Europe et le monde civilisé devraient instituer à Rome un tribunal d'arbitrage, présidé par le Pape,

pour connaître des différends entre princes chrétiens. »

Eh bien, tous ces vœux, — absolument irréalisa-
bles dans le passé, avec des monarques absolus
souvent dévorés d'ambition et des sociétés plutôt
mauvaises que bonnes, — tous ces vœux, disons-
nous, seront accomplis d'une manière très réelle et
au delà même de tout ce qu'on aurait pu imaginer.
Que nous annonce en effet le prophète Isaïe ? « Il y
aura dans les derniers temps une montagne qui sera
la maison du Seigneur, et qui s'élèvera au-dessus
de toutes les autres, et toutes les nations accourront
à elle. De nombreux peuples y viendront et diront :
Allons, montons à la montagne du Seigneur et à la
maison du Dieu de Jacob. *Elle nous enseignera ses
voies et nous marcherons dans ses sentiers,* parce
que la loi sortira de Sion et la parole du Seigneur
de Jérusalem, et *elle jugera les nations et reprendra
beaucoup de peuples.* (Voilà bien tout le nœud du
grand problème : les nations se laissant juger et
reprendre par la papauté, acceptant ses décisions
comme des lois divines, et marchant dans les sentiers de la justice. Aussi, tous les peuples seront
parfaitement pacifiés.) *Ils changeront leurs épée en
socs de charrue, et leurs lances en faux; les nations
ne lèveront plus l'épée les unes contre les autres, et
elles ne s'exerceront plus à combattre.* »

Ainsi donc, grâce au règne universel de l'Eglise,
le régime de la force, de la guerre, des conquêtes et
des tyrannies de toute sorte, sera enfin remplacé.

dans le monde entier par l'âge d'or de la justice, de
la paix et de la légitime liberté. Il n'y aura pas la
moindre tribu qui soit sous la dépendance d'une
autre : toutes seront égales en droits, toutes seront
libres, toutes fraterniseront selon l'esprit du christianisme.

Quant à la question sociale, elle sera nécessairement résolue en même temps que le problème de la
paix civile et internationale, car elle n'est en réalité
qu'une forme de la question religieuse. Pourquoi en
effet personne ne parlait-il de socialisme — quand
les masses populaires étaient très misérables, mais
croyantes et religieuses ? C'est que le christianisme
inspirait à l'ouvrier le respect des droits de son
maître, et au patron la charité envers son inférieur;
c'est surtout parce que les uns et les autres n'atten-
daient leur bonheur proprement dit que du ciel, au
lieu de vouloir follement le réaliser sur cette terre.
Aujourd'hui, au contraire, l'ouvrier et le paysan
sont beaucoup mieux nourris, logés, vêtus et rému-
nérés de leurs peines qu'autrefois ; et cependant il
s'amoncelle dans les bas-fonds de la société tant de
haines contre les hautes classes, que le siècle prochain sera nécessairement la proie des guerres
sociales les plus terribles, les plus fréquentes et les
plus générales. Quel est le remède capable de mettre
fin à tant de maux ? Il y en a un certainement,
mais il n'y a que celui-ci : c'est un retour en masse
de toute la société à la croyance et à la pratique de
la religion. Ceci est formellement reconnu même

par un des principaux organes du libéralisme incrédule. « Je ne méconnais pas, lit-on dans la
Revue des Deux-Mondes du 15 mars 1885, je ne
méconnais pas et j'ai déjà déclaré que la *pratique
de toutes les vertus chrétiennes serait, non pas seulement la meilleure, mais la seule solution de la question sociale.* » Il est donc clair que ce terrible problème, — vrai cauchemar pour notre époque et, à
plus forte raison, pour le vingtième siècle, — sera
résolu d'autant plus facilement sous le règne de
l'Eglise qu'il est plus insoluble à notre époque avec
la domination générale du Monde et de Satan.

Tels seront les grands effets religieux, politiques
et sociaux de l'universalité de la foi catholique annoncée par les prophéties de l'Ecriture.

Il s'agit maintenant d'en rappeler en peu de mots
les causes principales, qui se distinguent en négatives et en positives.

Les sources négatives du règne général de la
vraie foi seront au nombre de trois : l'enchaînement
de Satan ou la suppression des puissances infernales, la fin du Monde en tant que Pouvoir social
ennemi de l'Eglise, et enfin l'écrasement de l'orgueil
général de l'humanité.

Parlons d'abord de l'enchaînement du démon
dans l'enfer, annoncé par ces paroles de Jésus-
Christ : « *Nunc princeps hujus mundi ejicietur
foras ;* c'est maintenant que le prince de ce monde
va être jeté dehors. » L'Apocalypse nous dit bien
quel sera l'effet de cet emprisonnement ; ce sera

d'empêcher l'esprit infernal de faire perdre la foi aux peuples de la terre : « Il le jeta dans l'abîme et l'y enferma, *et il mit un sceau sur lui, afin qu'il ne séduisît plus les nations...* Et lorsque seront accomplis les mille ans, Satan sera relâché de sa prison et sortira et il séduira les nations qui sont aux quatre coins du monde. »

Si on s'en tenait à la lettre de l'Apocalypse, on croirait peut-être que l'emprisonnement dont il s'agit doit être borné à un seul et unique démon, c'est-à-dire au chef de toutes les puissances infernales, désigné sous le nom de Lucifer ou de Satan. Mais en réalité ce sont tous les esprits tentateurs qui doivent être enchaînés avec lui au fond de l'abîme. Et en effet ils ont tous éprouvé dans leur lutte contre les anges la même défaite que leur prince : « Michel et ses anges combattaient contre le dragon, et le dragon combattait, et ses anges aussi ; *mais ils ne prévalurent pas ; aussi leur place ne se trouva plus dans le ciel.* Et ce grand dragon qui s'appelle le Diable et Satan, et qui séduit tout l'univers, fut précipité sur la terre, et *ses anges furent jetés avec lui.* » La défaite de l'enfer a donc été absolument complète, et, par conséquent, la suppression des tentateurs doit être universelle et absolue, parce que sa cause l'a été véritablement. Or, son effet est encore sans exception, puisque les peuples doivent cesser *d'être séduits.* C'est donc là une nouvelle preuve de cette vérité ; car — alors même que les légions infernales seraient privées de leur chef. — si elles restaient libres d'exercer leur puissance contre les hommes, elles auraient toujours assez de ruse et de méchanceté pour les entraîner dans toutes sortes d'erreurs.

On sait du reste que le Souverain-Pontife vient d'ajouter aux prières de la fin de la messe une oraison tout à fait à part pour saint Michel, dans laquelle « nous supplions le Prince de la milice céleste de nous défendre dans le combat, de nous secourir contre la méchanceté et les embûches du démon, et *de repousser au fond de l'enfer, non seulement Satan, mais encore les autres esprits malins qui infestent le monde pour la ruine des âmes.* » Voilà une prière qui est entièrement nouvelle dans sa dernière partie, et qui, pour beaucoup de chrétiens, doit même avoir l'air de demander l'impossible, — tellement les hommes sont habitués depuis six mille ans à être sans cesse harcelés par les puissances infernales. Cependant, le chef de l'Eglise ne peut pas avoir imposé une telle oraison à tous les prêtres de l'univers sans une assistance spéciale de l'Esprit-Saint, qui l'empêchât de manquer, soit de justesse, soit même d'opportunité. Il y a donc là une nouvelle preuve très remarquable de la future suppression de tous les esprits tentateurs.

Après cette première cause négative de l'universalité de la vraie foi, nous en avons mentionné deux autres : la fin du Monde comme Pouvoir social ennemi de l'Eglise, et enfin l'écrasement de l'orgueil général de l'humanité.

Il est incontestable que si les bons gouvernements
ont relativement très peu de puissance pour accomplir le bien, les mauvais en ont, au contraire, beaucoup pour séduire les esprits et les cœurs. Il suffit
d'ouvrir les yeux pour en trouver une foule de
preuves d'une évidence tout à fait accablante. Le
poète a dit :

Regis ad exemplar totus componitur orbis.

Or, si l'univers entier se modèle plus ou moins sur
ses maîtres quand ils sont vertueux, il le fait presque sans exception quand ils s'adonnent à tous les
vices. Lors donc que les gouvernements seront
chrétiens *à fond,* comme cela arrivera sous le règne
de l'Eglise, — c'est-à-dire lorsque le *Monde ennemi*
aura cessé de vivre comme Pouvoir social, — l'univers aura de moins une source incalculable de mal,
et il possèdera en plus une très grande cause de
bien.

Or, ce principe de la vraie foi sera secondé encore
par ce que nous avons appelé *l'écrasement de l'orgueil social.* Il faut distinguer en effet entre le sot
amour-propre, qui porte naturellement chaque per-
sonnalité à se faire une idée beaucoup trop avanta-
geuse d'elle-même, et cette fierté générale, qui est
un des traits les plus caractéristiques de notre
siècle et une des plus grandes sources de l'incrédulité contemporaine. Eh bien, quand tout le genre
humain aura expérimenté, par un long siècle de

guerres et de désastres effroyables, qu'il est incapable de vivre même en ce monde sans la foi chrétienne, et que malgré cela il est assez aveugle et
assez méchant pour vouloir détruire le catholicisme
à tout prix ; quand il aura été broyé par les terribles fléaux du temps de l'Antéchrist et terrassé
par l'apparition formidable du divin Crucifié ; et
quand il verra ce Dieu tant détesté lui faire toutes
sortes de violences morales pour le sauver en dépit
d'une résistance désespérée, — alors, enfin, il reconnaîtra qu'en toute vérité il n'est absolument
rien, il ne peut rien, il ne vaut rien. Or, une fois
que l'ensemble des hommes sera profondément
pénétré de ce juste sentiment, il sera d'autant plus
avide de croire qu'il est maintenant insatiable de
libre-pensée. Il trouvera donc dans l'écrasement de
son orgueil une source de foi chrétienne d'une très
grande puissance négative.

Mais les causes positives ne seront-elles pas également très efficaces ? C'est ce que nous allons examiner en toute hâte.

Et d'abord, parlons de l'apparition éblouissante,
formidable, universelle de Notre-Seigneur Jésus-
Christ.

Saint Paul a dit, en comparant la perception de
Dieu que nous avons ici-bas à celle dont nous joui-
rons dans le ciel : « Maintenant nous le voyons par
reflet et par énigme, mais alors nous le verrons face
à face ; maintenant je connais en partie, mais alors je
connaîtrai comme je suis connu. » Eh bien, rien ne

saurait mieux exprimer la différence qu'il doit y avoir entre toutes les manières dont la divinité s'est montrée aux hommes jusqu'ici et la façon dont elle se manifestera pour exterminer l'Antéchrist et changer entièrement la face de l'univers. Il est vrai que Dieu se révèle sans cesse d'une manière naturelle par toutes les œuvres de la création, et qu'il s'est fait connaître encore surnaturellement par trois principales apparitions de moins en moins obscures et restreintes : — celle du paradis terrestre, celle du Sinaï, et celle qui a commencé par la crèche de Bethléem pour finir sur la croix du Calvaire ou plutôt sur la montagne de l'Ascension. Mais, — malgré le progrès constant de lumière qui signale chacune de ces différentes manifestations, — Dieu n'a toujours été connu des hommes que d'une manière *partielle, indirecte* et plus ou moins *énigmatique,* selon la remarque de saint Paul. Aussi les Apôtres eux-mêmes n'ont cru entièrement à la divinité de Jésus-Christ qu'après avoir constaté sa résurrection de leurs propres yeux et de presque tous leurs autres sens. On peut donc appeler les premiers six mille ans de l'humanité : la période de la *révélation obscure, mais sans cesse progressive.*

Mais ce n'est là qu'un temps préparatoire pour *la révélation définitive, qui doit être évidente pour tous ses contemporains.* Elle sera si claire pour tous les hommes et, en même temps, si terrible pour les méchants que ceux-ci agoniseront de frayeur sans exception, et qu'une multitude d'entre eux,

y compris l'Antéchrist, en mourront réellement de
terreur :

« Alors apparaîtra le signe du Fils de l'homme
dans le ciel (afin qu'il n'y ait pas le moindre doute
sur l'identité de Jésus-Christ); *alors pleureront
toutes les tribus de la terre*, et elles verront le Fils
de l'homme venant dans les nuées du ciel, *avec une
grande puissance et une grande majesté* [1]. — Alors
les rois de la terre, les princes, les tribuns militaires, les riches, les puissants et *tout homme
esclave ou libre* se cachèrent dans les cavernes et
dans les rochers des montagnes. Et ils dirent aux
montagnes et aux rochers : *Tombez sur nous, et
cachez-nous de la face de celui qui est assis sur le
trône, et de la colère de l'Agneau*, parce qu'il est
arrivé, le grand jour de la colère : et qui pourra
subsister [2] ? — Alors apparaîtra cet impie que le
Seigneur Jésus tuera par le souffle de sa bouche,
et *qu'il détruira par l'éclat de son avènement* [3]. —
Tous les autres furent tués par l'épée qui sortait de
la bouche de celui qui montait le cheval [4]. »

Ainsi donc ce sera bien face à face que tous les
hommes verront le Fils de Dieu, et tous le recon-
naîtront d'une manière aussi évidente que les
bienheureux dans le ciel. C'est qu'en effet il se
manifestera avec tout l'éclat éblouissant du plus

1. Matth., xxiv, 29.
2. Apoc., vi.
3. II Thess., ii.
4. Apoc., xix.

formidable des éclairs; et cette lumière sans pareille montrera parfaitement tous les signes de sa puissance et de sa colère, de manière à faire agoniser tous les méchants sans exception et à tuer réellement à force de terreur l'Antéchrist et toute son armée, qui seront l'objet particulier de ses menaces. Que deviendront alors tous les raisonnements du scepticisme sur les erreurs de nos sens et sur l'impossibilité de connaître scientifiquement l'existence de Dieu? Ils auront vite disparu devant un argument aussi frappant que cette terrible apparition. Le monde moderne ne veut croire en Dieu qu'à condition de le voir; mais il finira par le voir tellement bien qu'il en demeurera anéanti.

Nous avons déjà dit comment cette manifestation sans pareille sera préparée par les fléaux épouvantables qui tortureront les ennemis de l'Eglise pendant plusieurs années; comme le dit saint Luc [1]: « Il y aura des signes dans le soleil, dans la lune et dans les étoiles; et sur la terre, la détresse des nations, à cause du bruit confus de la mer et des flots; les hommes sécheront de frayeur dans l'attente de ce qui doit arriver à tout l'univers, car les vertus des cieux seront ébranlées; c'est alors qu'ils verront le Fils de l'homme venant dans une nuée, avec une grande puissance et une grande majesté. »

Ainsi, il n'y aura plus de doute possible *sur l'existence et la divinité de Jésus-Christ*, et, par

1. Luc., XXI.

conséquent, *sur la vérité du christianisme :* ce sera
là la première cause positive de la conversion subite de l'univers entier. Mais pourra-t-on hésiter au
sujet de l'Eglise catholique ? Assurément non, car
sa divinité sera démontrée aussi clairement que
celle de Jésus-Christ. Et en effet que fera le Fils de
Dieu ? Non content d'exterminer *personnellement,*
par le souffle de sa colère et la foudre de son re-
gard, tous les principaux ennemis du catholicisme,
— il ressuscitera, en même temps, *à la vue de l'univers entier,* toute cette multitude innombrable de
ses membres qui auront été martyrisés dans chaque
peuple, chaque tribu, chaque contrée de la terre.
S'il doit donc y avoir sur le lieu du grand combat
une immense quantité de cadavres pour attester
les effets vengeurs du passage de l'Homme-Dieu,
il n'y aura pas moins un nombre incalculable de
tombes vides et ouvertes qui en montreront les
conséquences rémunératrices. Quelle différence
avec la simple résurrection de Lazare et avec celle
de Jésus-Christ lui-même, qui ont eu à peine quelques centaines de témoins ! Il y aura alors des
millions d'hommes morts et ensevelis depuis plusieurs années qui se lèveront tout à coup de leurs
sépulcres et qui monteront dans le ciel en compagnie des anges et du Fils de Dieu, sous les regards
de tous les habitants de la terre pétrifiés de
stupeur.

Il faut donc bien reconnaître que la foi chrétienne
et même catholique deviendra ainsi moralement

inévitable, non seulement pour les contemporains de ces événements, mais encore pour tous leurs descendants à perpétuité, — du moins jusqu'à ce que les puissances infernales soient de nouveau déchaînées sur l'univers. Alors, en effet, ce ne seront plus quelques pêcheurs d'un pays obscur, comme la Galilée, allant publier dans toute la terre des miracles, — qu'ils attestent, il est vrai, au prix de toutes les souffrances et même au péril de leur vie, — mais qui se trouvent niés de presque tous leurs compatriotes et ignorés de tous les étrangers sans exception : à la suite de ces merveilles, il n'y aura plus que des apôtres racontant ce qu'ils auront vu aux générations nouvelles sans cesse désireuses d'en entendre répéter le récit ; bien plus, tous les historiens, les chroniqueurs et même les journalistes de l'époque seront transformés en évangélistes, en ce sens qu'ils ne pourront rien écrire sans mentionner ces événements ou sans les supposer d'une manière évidente ; et, en outre, ce sera toute la face de l'univers qui sera changée d'une façon radicale : les idées et les mœurs nouvelles seront aussi contraires à celles du passé que le jour l'est à la nuit ; toutes les institutions publiques seront modifiées de fond en comble ; et des monuments innombrables de pierre et de métal attesteront à la série indéfinie des générations futures que Dieu a visité un jour l'humanité — avec une évidence absolument incontestable pour tout autre qu'un insensé.

Ainsi donc, l'incrédulité sera moralement impossible sur la terre, à partir de cet avènement de Jésus-Christ et des résurrections innombrables qui le suivront, jusqu'au nouveau déchaînement des puissances infernales.

Mais, dira-t-on peut-être, n'y aura-t-il plus de schismes ni d'hérésies, comme l'Eglise en a tant vu surgir dans son sein pendant les quinze premiers siècles de son existence? Nous répondons qu'il ne pourra pas y en avoir de notables, précisément parce qu'il y en a eu autant que possible dans le passé. Ce qui a fait toutes les hérésies, c'est le défaut d'une définition nette des vérités attaquées, — défaut positivement voulu de Dieu d'une manière provisoire pour l'épreuve des hommes. Mais chaque altération d'une vérité chrétienne a eu pour effet une nouvelle formule précise de la doctrine sur ce point particulier; et, comme on a tout attaqué ou à peu près, tout ce qu'il y a de plus important dans la religion est à l'heure actuelle parfaitement défini. Aussi il y a déjà quatre cents ans qu'il n'a plus apparu d'hérésie, et même l'infaillibilité pontificale vient à peine d'être érigée en dogme. Que sera-ce donc lorsque toutes ces garanties seront encore renforcées par la suppression de tous les esprits tentateurs, par la destruction du Monde en tant qu'ennemi de l'Eglise et par l'écrasement de l'orgueil social! Oui, il sera moralement impossible qu'il surgisse dans l'âge d'or de la religion, non seulement des hérésies, mais encore un schisme quelconque, — parce que tout schisme implique une erreur antidogmatique concernant le droit et le pouvoir du Souverain-Pontife.

Il suit donc de tout cela que Dieu doit enfin se décider à faire une violence morale à tout le genre humain pour le déterminer à entrer dans l'Eglise, — comme il nous l'a donné à comprendre dans sa parabole du festin du père de famille. Pendant les deux premiers mille ans, il invite au salut et, par conséquent, au banquet céleste tous les hommes en général, — et il n'y en a presque aucun qui veuille l'accepter. Durant les vingt siècles suivants, il appelle d'une *manière toute spéciale* un peuple à part dont il se fait un objet de prédilection ; mais, après l'avoir repoussé plus ou moins une foule de fois, cette ingrate nation finit par le répudier d'une manière complète, et tuer son Fils unique au moment où celui-ci accomplit le plus grand sacrifice possible en sa faveur. Alors Dieu se tourne vers toutes les autres races humaines, et, pendant deux autres milliers d'années, il fait publier son *invitation spéciale encore* à tous les habitants de la terre qui ne sont pas Juifs, — pour leur prouver avec évidence qu'il a bien voulu partager le ciel avec eux et qu'il leur a fourni les moyens d'y parvenir. Il y a donc *beaucoup d'appelés, même d'une manière spéciale*, pendant cette troisième période, — tandis qu'il y en avait très peu auparavant. Mais, malgré tout, *ceux qui acceptent l'invitation, c'est-à-dire les élus, sont encore une infime minorité dans l'ensemble,*

tout en étant plus nombreux que dans le passé.
C'est donc pour l'époque présente que Jésus-Christ
a dit : « Il y a beaucoup d'appelés mais peu d'élus. »
Et en effet, — après avoir répondu pendant quelque temps à son appel d'une manière très partielle,
— les nations de l'univers se mettent toutes à le
repousser sans exception et à le crucifier moralement, faute de pouvoir le faire d'une manière réelle
à l'exemple des Juifs.

Mais que dit le père de famille de la parabole à
son serviteur lui annonçant le refus de presque
tous ses invités ? « Allez-vous-en partout dans les
carrefours, sur les routes et le long des haies, et
faites entrer de force tous ceux que vous rencontrerez, *compelle intrare.* »

Si Dieu prête cette parabole au père de famille
qui le représente, c'est évidemment pour nous
donner à comprendre ce qu'il se réserve d'exécuter
en personne quand il aura prouvé à tous les hommes,
par six mille ans d'expériences, qu'ils sont trop
méchants et trop fous pour accepter de simples invitations au ciel, — soit sous la forme générale, soit
par un appel particulier et en quelque sorte nominal.
Alors il se décidera à faire une *violence morale* à la
liberté du genre humain ; et, *après les six mille ans
de simple vocation,* — pendant lesquels il y aura
toujours eu très peu d'élus, quelque nombreux
qu'aient été les appelés, — viendra enfin la période
de *coaction relative,* où la foi catholique, étant à
peu près inévitable et, par conséquent, universelle,

rendra les hommes vertueux en très grande majorité.

Quelle sera la durée approximative de cet âge d'or de l'Eglise et de toute l'humanité ?

Nous répondrons que nous n'en savons absolument rien d'une manière bien certaine, et que l'on peut seulement hasarder sur ce point de très vagues conjectures. Quel est le chiffre qui est le plus à la convenance du lecteur ? Dix mille ans ? Vingt mille ans ? A nos yeux, ce serait la seconde hypothèse qui serait moins invraisemblable que l'autre, — parce que nous la croyons d'abord beaucoup plus digne de la bonté infinie de Dieu et des sacrifices accomplis pour le salut du genre humain, puis plus en harmonie avec les autres âges de l'Eglise, et enfin plus capable de donner au nombre total des élus une majorité considérable par rapport à celui des réprouvés. Et en effet, presque tous les théologiens sont d'avis que les saints anges ont été bien plus nombreux que les esprits révoltés, uniquement parce que cette supposition leur paraît mieux répondre qu'une autre à une bonté infinie comme celle de Dieu. Or, nous avons absolument la même raison pour penser que, le salut des hommes ayant été acheté par le sang de Jésus-Christ, la quantité des bienheureux sortis de ce monde surpassera de beaucoup celle des réprouvés.

Et d'ailleurs, il faut bien qu'il y ait une certaine proportion entre les différents âges de l'Eglise. Or sa jeunesse, ou sa période de fondation, aura été de

six mille ans : il y aura eu en effet deux mille ans
d'évolution inorganique, consistant dans la simple
segmentation de son germe ; puis, vingt autres siècles
de croissance organogénique, correspondant à la production d'un *organisme provisoire* comme celui d'une
chrysalide, c'est-à-dire du judaïsme ; et enfin, deux
autres milliers d'années d'*organisation définitive*,
ayant pour but le développement complet de la doctrine et de toutes les institutions du christianisme.
Est-ce qu'une jeunesse de soixante siècles ne suppose pas une maturité deux ou trois fois plus considérable ?

Mais — après avoir tant parlé de ces premiers
âges de l'Eglise, c'est-à-dire de sa formation, dont
le temps va bientôt être passé, et de son état normal, qui doit correspondre à l'ensemble de l'avenir
— il importe bien de dire quelques mots sur sa destinée finale ou sa vieillesse.

Il faut en effet distinguer dans l'Eglise un élément formel ou divin, celui de sa doctrine et de ses
institutions essentielles, qui est à l'abri de toute
altération, et un élément matériel ou humain, celui
des personnes qui le composent. Or ce dernier est
destiné à vieillir, en qualité d'abord et puis en
quantité. Voici en effet ce que nous lisons dans
l'Apocalypse [1] : « Et lorsque seront accomplis les
mille ans (c'est-à-dire après la période indéfinie de
la maturité de l'Eglise correspondant à la suppres-

1. Apoc., xx.

sion des esprits tentateurs), Satan sera relâché de
sa prison et sortira, et il séduira les nations qui
sont aux quatre coins du monde, Gog et Magog, et
il les assemblera au combat, eux dont le nombre est
comme le sable de la mer. Et ils montèrent sur
toute la face de la terre, et ils environnèrent le
camp des saints et la cité bien-aimée. Mais il des-
cendit du ciel un feu venu de Dieu, et il les dévora;
et le diable qui les séduisait fut jeté dans l'étang de
feu et de soufre, où la bête elle-même et le faux
prophète seront tourmentés jour et nuit dans les
siècles des siècles. Je vis aussi un grand trône
blanc, et quelqu'un assis dessus, et devant la face
duquel la terre et le ciel s'enfuirent, et leur place ne
se trouva plus. Et je vis les morts grands et petits,
debout devant le trône; des livres furent ouverts,
et puis on en ouvrit encore un autre qui est le livre
de vie : et les morts furent jugés sur ce qui était
écrit dans ces livres, selon leurs œuvres. Et la mer
rendit les morts qui étaient dans ses eaux : la mort
et l'enfer rendirent aussitôt les morts qu'ils avaient :
et chacun fut jugé selon ses œuvres. »

Voilà bien la fin de l'univers, la résurrection
générale et le jugement dernier. Or nous voyons
dans ce passage qu'il doit y avoir auparavant une
décadence générale de la religion, analogue à celle
dont souffre l'Europe depuis sept ou huit cents ans.
Le démon déchaîné de nouveau sur la terre parvient
à « séduire les nations qui sont aux quatre coins du
monde »; les hommes qui ont perdu la foi veulent,

comme aujourd'hui, empêcher les autres de croire; il y a de nouveaux Gogs, c'est-à-dire de nouveaux antéchrists, qui trouvent des peuples immenses prêts à marcher contre l'Eglise; ils investissent le camp des saints et mettent le siège devant la cité bien-aimée, c'est-à-dire la capitale de l'Eglise, Jérusalem; mais alors le feu du ciel vient embraser la terre entière, et en un moment tout le genre humain, bons et mauvais, est mis à mort, ressuscité, jugé publiquement et envoyé pour l'éternité en partie en enfer, en partie au séjour des bienheureux.

Combien de temps faudra-t-il au démon pour faire passer ainsi les nations d'une profonde foi universelle à une haine mortelle et générale contre l'Eglise? Nous avons un terme de comparaison dans la décadence religieuse qui a commencé à la fin du treizième siècle et qui doit arriver à son terme sous le règne de l'Antéchrist : si les puissances infernales ont eu besoin d'un millier d'années environ pour détruire la foi basée sur une révélation obscure comme celle du premier avènement du Fils de Dieu, il leur en faudra certainement beaucoup plus, peut-être une cinquantaine de siècles, pour détruire les effets d'une manifestation divine aussi évidente que celle du second avènement. En conséquence, la vieillesse de l'Eglise serait environ de cinq ou six mille ans, bien proportionnée de la sorte à la durée de sa jeunesse. Nous proposons de tels chiffres à simple titre d'hypothèse, et sans aucune intention de les imposer à personne. Nous nous bornons à dire ce qui nous paraît le moins invraisemblable, pour les lecteurs qui pourraient être désireux de savoir quelle est notre pensée à ce sujet.

Et maintenant, comment résumer l'avenir prochain, c'est-à-dire celui qui nous sépare du règne de l'Antéchrist ?

Nous croyons qu'un mot suffit pour l'exprimer : celui de guerre. Cette conclusion résulte à la fois des prédictions de l'Evangile et du plus simple examen de l'état de l'Europe. Jésus-Christ dit en effet : « Vous entendrez parler de guerres et de bruits de guerres. Mais gardez-vous bien de vous troubler ; car il faut que ces choses arrivent, *mais ce n'est pas encore la fin*. Car on verra se soulever peuple contre peuple, royaume contre royaume ; et il y aura des pestes, des famines et des tremblements de terre en divers lieux. *Mais tout cela ne sera que le commencement des douleurs* [1]. »

Cela revient à dire évidemment que l'état de guerre durera assez longtemps avant le règne de l'Antéchrist et lui servira de préparation. D'ailleurs, ce n'est ni en un an ni en dix ans qu'un Etat ordinaire peut réaliser la conquête de l'univers entier. Pour que l'Antéchrist lui-même parvienne à subjuguer les cinq parties du monde, il faudra qu'il se trouve à la tête d'une nation déjà bien puissante et possédant une grande prépondérance sur toutes les autres. Or il n'y en a encore aucune qui jouisse

1. Matth., XXIV.

de ce privilège. Il est vrai que la Russie a toute
sorte de chances pour conquérir Constantinople et
les Indes dans l'espace d'un demi-siècle : mais que
de guerres n'aura-t-elle pas à soutenir avant d'en
arriver là ! Et d'un autre côté, peut-on prévoir où
s'arrêtera la série des chocs épouvantables qui sont
imminents entre la France et l'Allemagne, alors
que chacune d'elles augmente indéfiniment ses
forces militaires pour se ruer sur l'autre ? Cependant toutes ces luttes inévitables entre différentes
nations ne seront peut-être rien en comparaison des
guerres civiles *et surtout sociales* que nous réserve
un prochain avenir.

Ces perturbations publiques auront pourtant un
bon effet : celui de faire rentrer la masse du peuple
juif dans sa patrie, d'occasionner ainsi sa conversion
générale — et d'amener le rétablissement du pouvoir temporel du Pape, non plus à Rome, mais à
Jérusalem où il doit se conserver à perpétuité.

Quant à l'histoire des âmes, pour l'avenir qui
nous sépare de l'Antéchrist, elle se résume en deux
mots : nivellement sous un rapport, et écart de
plus en plus grand sous un autre.

Il y aura d'abord un nivellement progressif entre
les différents pays de la terre, pour la quantité relative de leurs incrédules et de leurs fidèles : c'est-à-
dire que le nombre des catholiques croîtra sans
cesse partout où il y en a fort peu, comme dans les
contrées de missions ; il demeurera stationnaire
dans les régions intermédiaires, comme l'Angleterre

et l'Allemagne ; et il diminuera de plus en plus chez les nations naguère catholiques, telles que la France, l'Autriche, l'Espagne et l'Italie. Et en effet, c'est ce que prouve déjà une expérience universelle de cinquante ans ; et puis, la manière dont l'Apocalypse parle des martyrs de l'Antéchrist semble bien supposer une égalité relative entre chaque nation : « Après cela (c'est-à-dire après les martyrs d'Israël), je vis une grande troupe *que personne ne pouvait compter de toutes les nations, de toutes les tribus, de tous les peuples et de toutes les langues*, qui étaient debout devant le trône et devant l'Agneau, revêtus de robes blanches ; et des palmes étaient en leurs mains... *Ce sont ceux qui sont venus de la grande tribulation* [1]. »

D'un autre côté « ce qui fait, a dit Mgr Parisis, le caractère dominant des temps où nous vivons, c'est la séparation qui s'opère de plus en plus visiblement entre la sainte Eglise catholique et tout ce qui n'est pas elle ; à ce point que bientôt il n'y aura plus d'une part que des impies déclarés et hostiles, de l'autre, que des chrétiens fidèles et complets [2]. » C'est qu'en effet, depuis un demi-siècle surtout, il se creuse un abîme de plus en plus énorme entre les bons et les méchants ; et cet abîme est nécessairement destiné à s'agrandir sans cesse jusqu'à l'Antéchrist de trois différentes manières : par une disparition graduelle des demi-croyants (schisma-

1. Apoc., VII.
2. Mandement de 1857.

liques ou hérétiques), des indifférents, et des demi-catholiques ou catholiques non pratiquants ; par une amélioration constante des vrais chrétiens, et par conséquent par des progrès indéfinis dans l'esprit de foi et toutes les vertus ; et enfin par un accroissement continuel de l'incrédulité et de tous les vices en général. De là résultera forcément une persécution de plus en plus violente et étendue contre les catholiques des différentes nations, et par conséquent un progrès merveilleux de mérites pour les persécutés. C'est là d'ailleurs ce que dit formellement le prophète Daniel pour l'époque voisine du règne de l'Antéchrist : « Il y en a beaucoup qui seront élus pour être éprouvés et purifiés comme par le feu ; les impies agiront avec impiété, sans avoir l'intelligence des choses, mais il y en aura qui comprendront (par le moyen de la foi) ; or ceux-là brilleront comme les feux du firmament, et ceux qui auront enseigné à plusieurs la voie de la justice luiront comme des étoiles dans toute l'éternité [1]. »

Gardons-nous donc bien de nous plaindre de toutes les difficultés que nous aurons à vaincre pour conserver notre foi, et de porter envie aux chrétiens de l'âge d'or de l'Eglise. Pour des catholiques résolus le véritable âge d'or sera certainément celui que nous avons à traverser, parce qu'il est écrit : « Heureux sont ceux qui croient fermement

---

1. Daniel, xii.

sans avoir vu, *beati qui non viderunt et firmiter crediderunt !* » Dieu, étant infiniment bon, nous récompensera au delà du centuple pendant toute l'éternité pour chacun des efforts que nous ferons en vue de lui plaire et pour chacun des obstacles dont nous triompherons. D'un côté, il y aura une distance infinie entre la valeur absolue de nos sacrifices et la rémunération reçue pour chacun d'eux, car « un moment de tribulation légère produira pour nous une éternité de gloire et de bonheur inconcevables » ; mais, d'un autre côté, « Dieu rendra à chacun selon ses œuvres » ; en ce sens que tous les mérites sans exception auront chacun une récompense presque infinie.

Mais comment les vaincre, ces terribles difficultés qui nous menacent ?

- Il y a un bon moyen pour cela, mais il n'y en a qu'un : c'est celui qui a formé les millions de héros et de martyrs de la primitive Eglise, c'est la communion très fréquente et même quotidienne. Nous voyons dans saint Thomas que *dans les premiers siècles les fidèles communiaient tous les jours, non seulement par dévotion, mais en vertu d'une règle proprement dite imposée par les apôtres et maintenue aussi longtemps que possible par l'Eglise* [1]. Eh bien, voilà où il faut en venir de nouveau — surtout en habituant les enfants à s'approcher de la sainte Table tous les dimanches dès qu'ils l'ont fait

1. *Summ. theol.*, p. III, quæst. LXXX, art. 10.

une première fois. C'est là une véritable nécessité
pour tous les temps; mais à bien plus forte raison
pour le terrible siècle que nous avons à traverser.

Sans doute, il faut développer de plus en plus
l'Apostolat de la prière ainsi que les dévotions du
Sacré-Cœur, de la sainte Vierge, de saint Joseph et
particulièrement de *saint Michel;* oui, encore, nous
devons nous adonner à toutes les œuvres de zèle,
comme les congrégations, les patronages, les écoles
chrétiennes, les catéchismes, la propagation des
bonnes lectures, etc., etc. Mais nous ne devons pas
oublier, grâce à l'exemple des premiers chrétiens,
qu'*à la rigueur* une grande fréquentation des sacrements peut suppléer à tout le reste pourvu qu'elle
soit secondée par de bonnes intentions; — tandis
qu'en dehors des secours extraordinaires du ciel,
rien ne peut tenir lieu de confessions et de commu-
nions très souvent renouvelées. Quant aux pasteurs
qui seraient trop chargés d'âmes pour pouvoir suffire personnellement à tous les besoins, ils trouveront presque toujours à l'avenir des catéchistes et
des zélateurs laïques leur permettant de se livrer à
peu près sans partage à l'administration des sacrements.

FIN

TABLE DES MATIÈRES

BAR-LE-DUC. — TYP. DE L'ŒUVRE DE SAINT-PAUL

SCHORDERET ET Cie

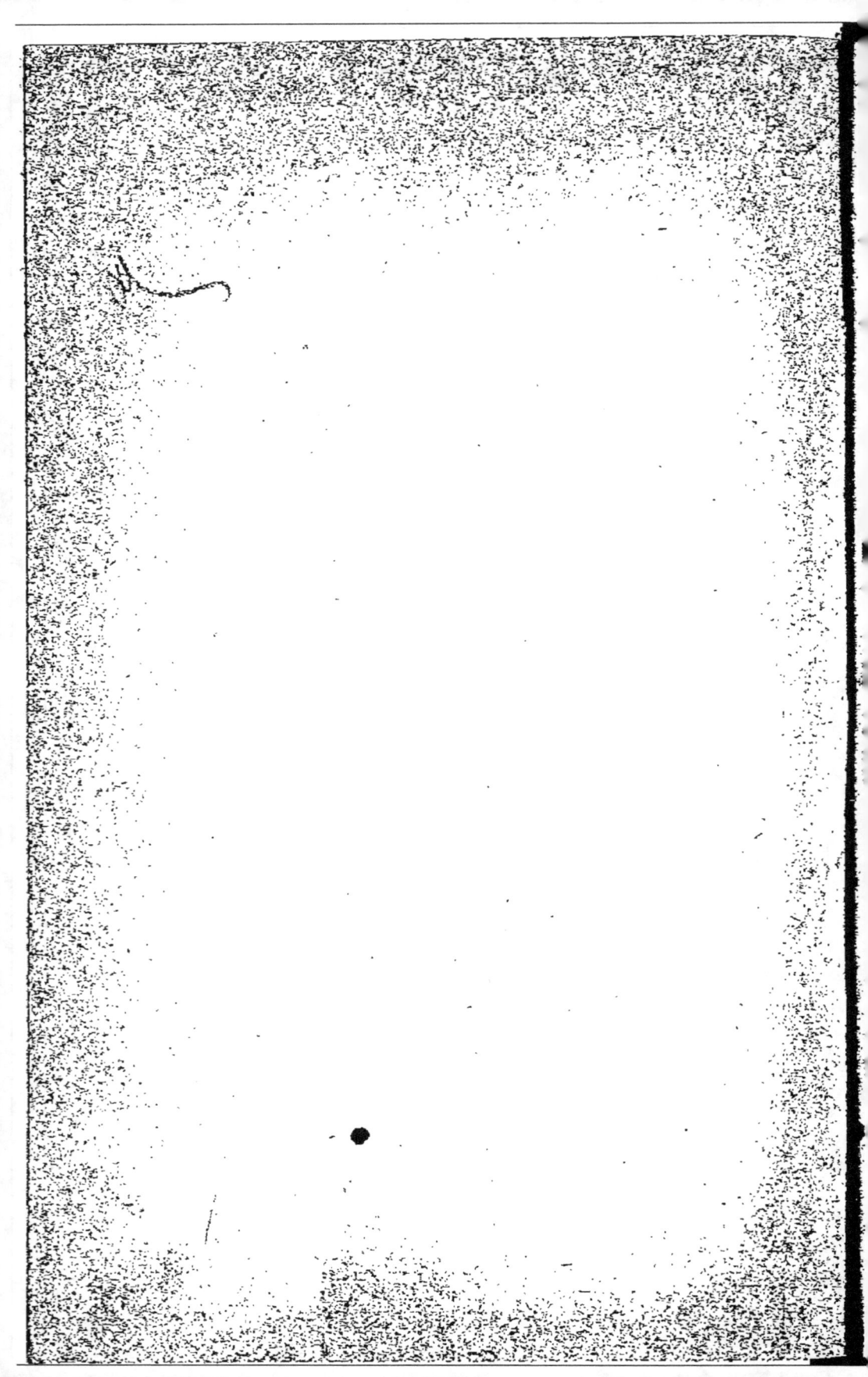

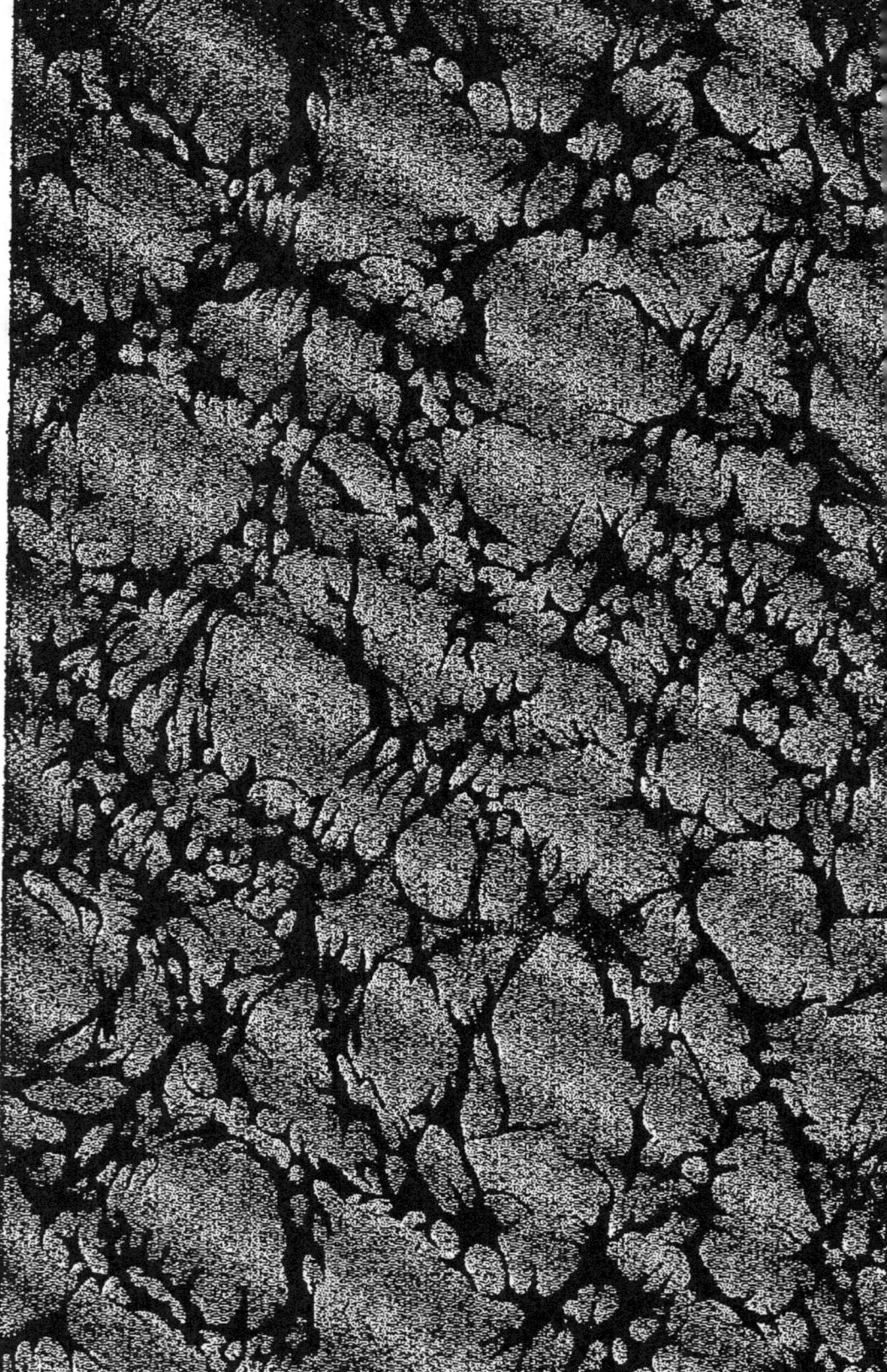

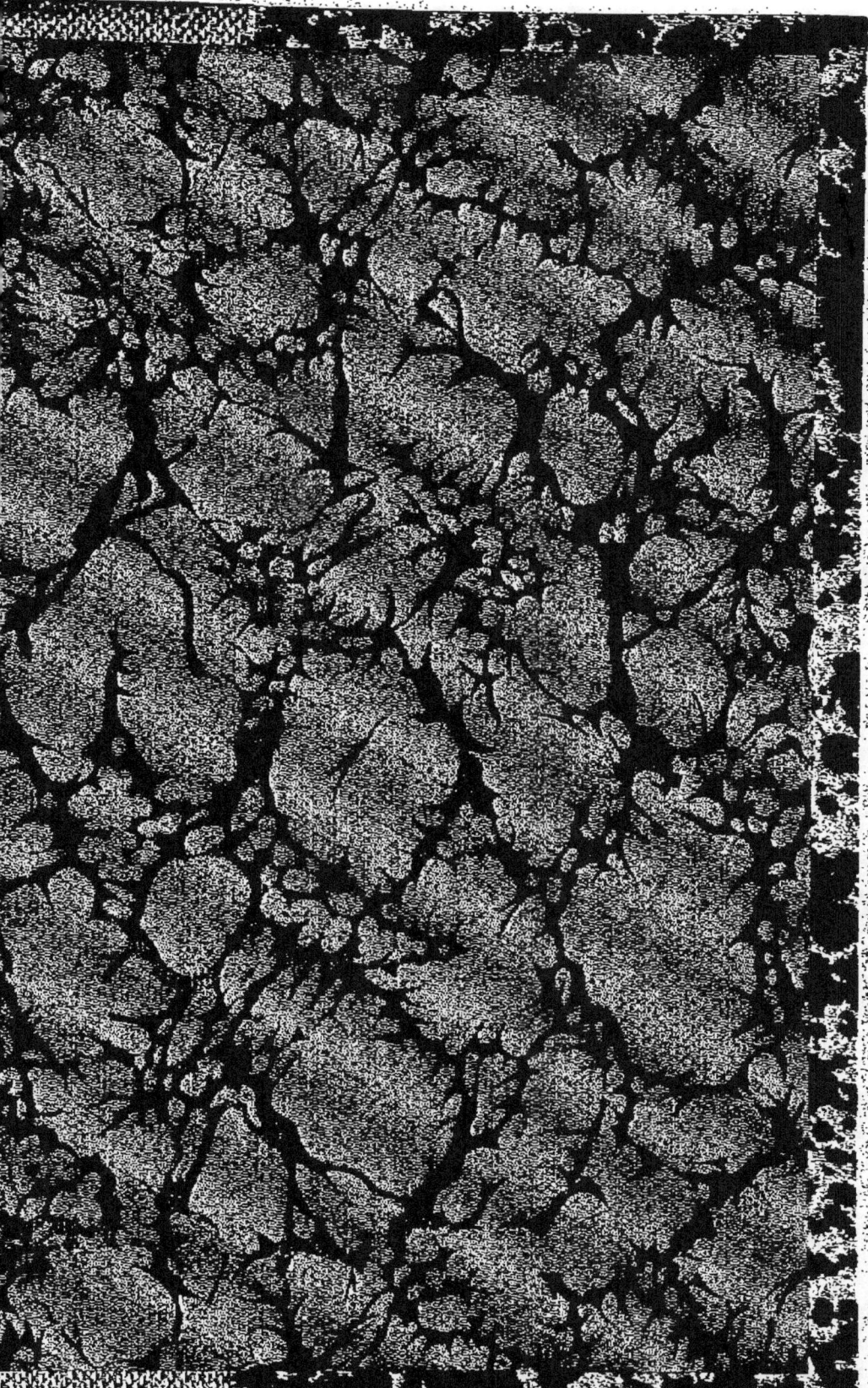

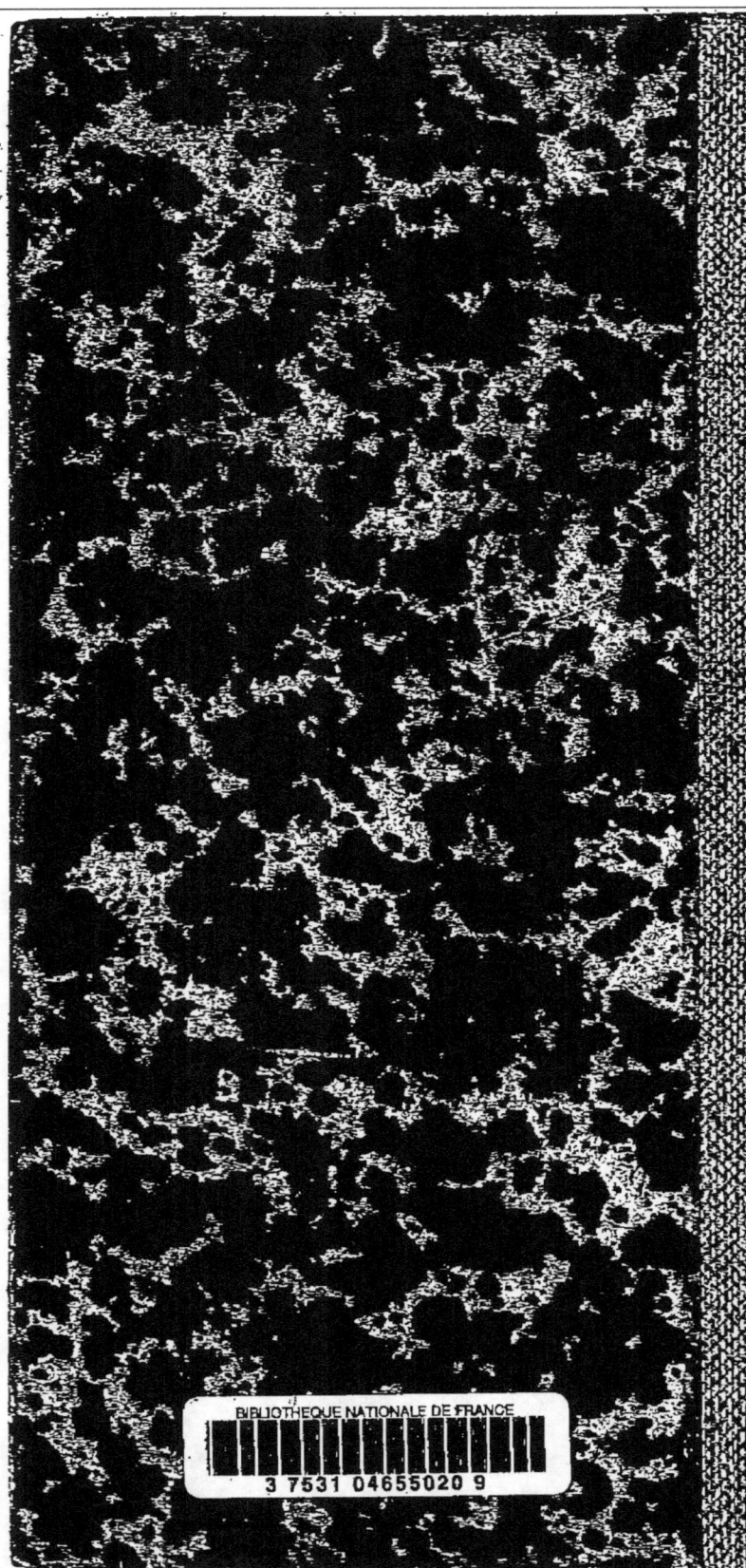